Anton Pawlowitsch Tschechow, geboren am 17. Januar 1860 in Taganrog am Asowschen Meer, starb am 2. Juli 1904 in Badenweiler.
Anton Pawlowitsch Tschechow ist mit Maupassant, dessen Erzählungen er freilich erst zehn Jahre vor seinem Tod kennenlernte, der Schöpfer der modernen Kurzgeschichte. Der Arzt Tschechow mit dem unbestechlichen Blick auf seine Gegenwart überwindet Tolstois Lehre von der passiven Resistenz gegenüber dem Bösen. Diese führt nur zur Stagnation. Er erklärt sich gegen Tolstois Verachtung jedes wissenschaftlichen und kulturellen Aufstiegs der Menschheit: »Von Jugend auf habe ich an den Fortschritt geglaubt ... nüchterne Überlegung und Gerechtigkeit sagen mir, daß in der Elektrizität und im Dampf mehr Liebe zum Menschen liegt als in der Keuschheit und im Fasten ...«
Der hier vorgelegte Band vereinigt eine Reihe von Tschechows Meistererzählungen wie: *Der Tod des Beamten*, *Wanjka*, *Die Bauern*, *Die Erzählung des Obergärtners* und *Der Dicke und der Dünne*.
»Als Stilist ist Tschechow unerreicht, und der künftige Literarhistoriker wird, wenn er über das Wachstum der russischen Sprache nachdenkt, sagen, diese Sprache ist von Puschkin, Turgenjew und Tschechow geschaffen worden.« *Maxim Gorki* (1900)
Die Illustrationen schuf Lutz Siebert, geb. 1940 in Elbing. Er lebt als Verlagshersteller und Illustrator in München.

insel taschenbuch 396
Tschechow
Der Fehltritt

A.P. TSCHECHOW
DER FEHLTRITT

und andere Erzählungen
Mit Illustrationen von Lutz Siebert
Ausgewählt von Werner Berthel
Insel Verlag

Aus dem Russischen von Reinhold Trautmann

insel taschenbuch 396
1. Auflage 1979
Lizenzausgabe der Dieterich'schen Verlagsbuchhandlung Leipzig,
Deutsche Demokratische Republik © 1947, 1950

Vertrieb durch den Suhrkamp Taschenbuch Verlag
Umschlag nach Entwürfen von Willy Fleckhaus
Satz: Otto Gutfreund & Sohn, Darmstadt
Druck: Ebner Ulm
Printed in Germany

INHALT

Der Fehltritt 9
Der Dicke und der Dünne 19
Der Tod des Beamten 23
Die Austern 28
Wanjka 35
Die Totenmesse 42
Ein bekannter Herr 51
Jonytsch 57
Gussew 90
In der Verbannung 114
Die Bauern 130
Die Erzählung des Obergärtners 185

Nachwort von Werner Berthel 194

DER FEHLTRITT

Während seines abendlichen Spazierganges blieb der Kollegienassessor Ssemigussew an der Telegraphenstange mit der Zahl sechsunddreißig stehen und seufzte tief auf. An derselben Stelle hatte ihn heute vor einer Woche, als er abends von seinem regelmäßigen Spaziergange nach Hause zurückkehrte, sein früheres Dienstmädchen Agnija eingeholt und voll Wut gesagt: »Wart nur! Du sollst noch an mich denken, du alter Glatzkopf! Ich werd es dir eintränken, du sollst wissen, was es heißt, unschuldige Mädchen ins Unglück bringen! Das Kleine werf ich dir vor die Türe, ich verklage dich und erzähle alles deiner Frau...«

Dann hatte sie verlangt, daß er bei der Bank fünftausend Rubel auf ihren Namen hinterlege. Daran also erinnerte sich Ssemigussew, seufzte auf und machte sich noch einmal reuevolle Vorwürfe wegen jener flüchtigen Aufwallung, die so viel Ärger und Leid über ihn brachte.

»Nun kannst du dich schinden«, dachte er, indem er den Weg zu seiner Sommerwohnung einschlug. »Wie oft habe ich mir gesagt: laß dich nicht mit einem Dienstboten ein, aber nein, da mußte dich besoffenes Schwein der Teufel packen! Ach, und noch dazu einen Kollegienassessor, verheiratet und in gesetztem Alter!... Fünftausend hab ich ja gar nicht. Na, dann blamier dich nur... Agnuschka ist ein Teufelsweib und wird auf ihrer Forderung bestehen!«

Bei seiner Wohnung angelangt, setzte er sich auf die Treppe, um auszuruhen. Es war genau zehn Uhr, und ein Stück des Mondes blickte hinter den Wolken hervor. Kein Mensch war mehr auf der Straße und vor den Villen: die alten Sommerfrischler hatten sich schon schlafen gelegt, die jüngeren gingen im Walde spazieren. Als Ssemigussew in beiden Taschen nach einem Zündholz suchte, um sich eine Zigarette anzuzünden, stieß er mit dem Ellenbogen an etwas Weiches; als er nachsah, was das sei, wurde sein Gesicht plötzlich von Entsetzen verzerrt, als erblicke er neben sich eine Schlange. Auf der Treppe, unmittelbar an der Tür, lag ein Bündel. Ein länglicher Gegenstand war in etwas eingewickelt, das sich wie eine Steppdecke anfühlte. Das eine Ende des Bündels war ein wenig offen, und als der Kollegienassessor seine Hand hineinschob, fühlte er etwas Warmes und Feuchtes. Erschreckt sprang er auf die Beine und sah um sich wie ein Verbrecher, der seinen Wächtern entfliehen will...

»So hat sie mir's wirklich hingelegt, das infame Frauenzimmer!« Er preßte, die Fäuste ballend, die Worte wütend zwischen den Zähnen hervor. »Da liegt er... da liegt er, der Fehltritt! O Gott!«

Angst, Wut und Scham ließen ihn erstarren... Was soll er jetzt tun? Was wird seine Frau sagen, wenn sie es erfährt? Was werden seine Kollegen sagen? Seine Exzellenz wird ihn sicherlich auf den Bauch klopfen, herausplatzen und sagen: »Ich gratuliere... che-che-che... Graue Haare im Bart und den Satan unter den Rippen... ein Schwerenöter sind Sie, Ssemjon Erastowitsch!« Die ganze Villenkolonie wird jetzt sein Geheimnis erfahren, und die ehrenwerten Familienmütter werden ihm womöglich ihr Haus verbieten... Alle Zeitungen schreiben jetzt von ausgesetzten Kindern, und auf diese Weise wird der bescheidene Name Ssemigussew in ganz Rußland herumkommen...

Das Mittelfenster der Wohnung stand offen, und man hörte deutlich, wie Ssemigussews Frau Anna Filippowna den Tisch zum Abendessen deckte; auf dem Hof, unmittelbar hinter dem Tore, klimperte der Hausknecht Jermolaj klagend auf seiner Balalajka... Das Kleine brauchte nur aufzuwachen und zu wimmern, und das ganze Geheimnis war entdeckt. Ssemigussew überkam der unbezwingliche Wunsch, sich zu beeilen...

»Schnell, schnell...«, murmelte er. »Jetzt sofort, solange es niemand sieht. Ich trag es irgendwohin und leg es auf eine fremde Treppe...«

Ssemigussew nahm das Bündel unter den Arm und ging langsamen, gemessenen Schrittes, um keinen Verdacht zu erregen, die Straße hinunter...

»Eine merkwürdige, abscheuliche Lage!« dachte er und versuchte sich ein gleichgültiges Aussehen zu geben. »Ein Kollegienassessor wandelt mit einem Säugling auf der Straße! O Gott! Wenn das jemand sieht, wenn jemand begreift, worum es sich handelt, bin ich verloren... Ich will es auf diese Treppe legen... Nein, halt, hier stehen die Fenster offen, und vielleicht schaut jemand heraus... Wo soll ich's nur hintun? Halt, ich will es zur Villa des Kaufmanns Melkin tragen... Kaufleute sind reiche, mitleidige Menschen; vielleicht sind sie noch dankbar dafür und lassen es bei sich aufwachsen.«

Und Ssemigussew entschloß sich, den Säugling unverzüglich zu Melkin zu schaffen, obwohl dessen Haus am äußersten Ende des Villenortes lag, direkt am Fluß.

»Wenn es nur nicht zu brüllen anfängt oder aus dem Bündel herausfällt«, dachte der Kollegienassessor. »Jetzt kann ich mich bedanken für das unerwartete Geschenk! Da trag ich unter dem Arm ein lebendes Wesen, als wär's eine Aktenmappe. Ein lebendes Wesen, mit einer Seele wie wir alle... Wenn die Melkins es nehmen und aufziehen, kann vielleicht etwas aus ihm werden... Vielleicht wird es ein Professor, ein Feldherr, ein Schriftsteller... Es kommt ja alles vor auf der Welt! Jetzt trage ich es unter dem Arm wie einen Dreck, aber nach dreißig oder vierzig Jahren muß ich vielleicht vor ihm strammstehen...«

Als Ssemigussew durch das schmale einsame Gäßchen ging, vorüber an langen Zäunen, unter den dichten schwarzen Schatten der Linden, schien es ihm plötzlich, als wollte er etwas sehr Grausames, Verbrecherisches begehen. »Wie niederträchtig ist das eigentlich!« dachte er. »Etwas Niederträchtigeres kann man sich gar nicht ausdenken... Nun, warum schleppe ich das unglückliche Kindchen von einer Treppe zur anderen? Kann es dafür, daß es geboren wurde? Was hat es uns getan? Schufte sind wir, Lumpen und Mörder... Wir

lieben es, auf Schlittchen spazierenzufahren, aber die unschuldigen Kindchen müssen das Schlittchen ziehen... Man braucht sich nur mal hineinzudenken! Ich habe einen Fehltritt begangen, dem Kinde aber steht ein grausames Schicksal bevor... Schiebe ich es den Melkins unter, werden sie es ins Findelhaus stecken; dort ist es unter fremden Leuten, und alles geht fiskalisch zu... weder Zärtlichkeit, noch Liebe, noch ein wenig Verwöhnung wird ihm zuteil... Später kommt es zu einem Schuster in die Lehre... es fängt an zu trinken, lernt Zoten reißen und krepiert zuletzt vor Hunger... Zu einem Schuster, und doch ist es der Sohn eines Kollegienassessors und adliger Herkunft... Es ist schließlich mein Fleisch und Blut...«

Ssemigussew trat aus dem Schatten der Linden auf den mondscheinüberfluteten Weg heraus, wickelte das Bündel auf und schaute das Kindchen an.

»Es schläft«, flüsterte er. »Sieh mal, eine kleine Stupsnase hat der Schelm, ganz wie der Vater... Er schläft und merkt nicht, daß der leibliche Vater ihn anschaut... Ein Drama, mein Lieber... Nun, verzeih mir... Dir ist nun mal kein ander Los beschieden...«

Der Kollegienassessor begann mit den Augen zu blinzeln und fühlte, daß etwas wie Ameisen über seine Wangen lief... Er wickelte das Kind wieder ein, nahm es unter den Arm und ging weiter. Den ganzen Weg über bis zu Melkins Villa gingen ihm allerlei soziale Fragen durch den Kopf, und in seiner Brust nagte das Gewissen.

»Wäre ich ein anständiger, ehrlicher Kerl«, dachte er, »dann würde ich auf alles pfeifen und mit diesem Kinde zu Anna Filippowna treten, vor sie hinknien und sagen: ›Verzeih mir! Ich habe gesündigt! Strafe mich, aber das unschuldige Kindchen wollen wir es nicht büßen lassen. Wir haben keine Kinder, nehmen wir es an, ziehen wir es auf!‹ Sie ist eine gute Seele und würde gewiß zustimmen... Und dann wäre doch mein Kind bei mir... Ach!«

Jetzt war er an Melkins Haus herangekommen und blieb unentschlossen stehen... Er sah sich im Geiste in seinem Zimmer sitzen und die Zeitung lesen und wie sich der kleine Knabe mit seiner Stupsnase an ihn schmiegt und mit den Quasten seines Schlafrocks spielt; zu gleicher Zeit aber tauchten seine Kollegen vor ihm auf, wie sie einander zublinzeln, und seine Exzellenz, wie sie vor Lachen herausplatzt und ihm auf den Bauch klopft... In seiner tiefsten Seele jedoch regte sich neben dem nagenden Gewissen etwas Zärtliches, Warmes, Wehmütiges...

Der Kollegienassessor legte das Kindchen vorsichtig auf eine Stufe der Terrasse und machte eine resignierte Handbewegung. Wieder war es ihm, als kröchen Ameisen über sein Gesicht...

»Verzeih mir Schuft!« murmelte er. »Sei mir nicht böse!«

Er machte ein paar Schritte um fortzulaufen, dann aber räusperte er sich entschlossen und sagte: »Ah, komme, was da wolle! Ich pfeif auf alles! Ich nehme ihn mit, mögen die Leute reden, was sie wollen!«

Ssemigussew nahm das Kind auf und ging eilends zurück.

»Mögen sie sagen, was sie wollen«, dachte er. »Ich pfeif

auf alles! Ich gehe sofort hin, falle auf die Knie und sage: ›Anna Filippowna!‹ Sie ist eine gute Seele und wird es verstehen... Und wir werden es aufziehen... Wenn es ein Knabe ist, so soll er Wladimir heißen, ist's ein Mädchen, dann Anna... Wir werden im Alter wenigstens einen Trost haben...«

Und er tat, wie er beschlossen hatte... Weinend, vor Furcht und Scham vergehend, voller Hoffnung und in einem unbestimmten Entzücken betrat er seine Wohnung, ging zu seiner Frau und kniete vor ihr nieder...

»Anna Filippowna!« sagte er schluchzend und legte das Kind auf den Boden. »Laß Gnade vor Recht ergehen... Ich habe gesündigt! Das ist mein Kind... Du erinnerst dich an Agnjuschka, nun also... der Böse hatte mich umgarnt...«

Und ganz außer sich vor Scham und Furcht und ohne eine Antwort abzuwarten, sprang er auf und lief wie von Schlägen verfolgt an die frische Luft...

»Ich bleibe draußen, bis sie mich ruft«, dachte er. »Sie muß erst zu sich kommen und sich die Sache überlegen...«

Der Hausknecht Jermolaj mit der Balalaika ging vorüber, blickte ihn an und zuckte die Achseln... Nach einem Augenblick ging er nochmals vorbei und zuckte wieder mit den Achseln...

»Das ist eine Geschichte, das kann man wohl sagen!« murmelte er lächelnd. »Soeben, Ssemjon Erastowitsch, kam ein Frauenzimmer, die Wäscherin Akssinja, hierher. Die dumme Gans legte ihr Kind auf die Haustreppe, und während sie bei mir saß, hat jemand das Kind genommen und weggetragen... So eine Geschichte!«

»Was? Was sagst du da?« schrie Ssemigussew laut auf.
Jermolaj, der sich den Zorn seines Herrn auf seine Art zurechtlegte, kratzte sich den Kopf und seufzte.
»Verziehen Sie, Ssemjon Erastytsch«, sagte er, »aber jetzt sind wir ja in der Sommerfrische. Ohne das geht's nicht... ohne Weiber, mein ich...«
Er blickte seinem Herrn in die vor Staunen und Ärger weitaufgerissenen Augen, räusperte sich verlegen und fuhr fort: »Natürlich ist's eine Sünde, doch was soll man tun... Sie haben verboten, fremde Weiber auf den Hof zu lassen, es ist wahr; aber wo soll man eigene hernehmen... Früher, als Agnjuschka da war, ließ ich fremde nicht herein, weil ja eigene da waren, doch jetzt, geruhen Sie selbst es einzusehen... ohne fremde kann man nicht auskommen... Solange Agnjuschka da war, gab es wirklich keine Unordnung, weil...«
»Geh zum Teufel, du Scheusal!« schrie ihn Ssemigussew an, stampfte mit dem Fuß und ging ins Haus zurück...
Erstaunt und erzürnt saß Anna Filippowna noch auf demselben Platz und sah mit verweinten Augen auf das Kind...
»Nun, nun...«, murmelte der bleiche Ssemigussew, den Mund zu einem Lächeln verziehend, »ich habe nur Spaß gemacht... Es gehört gar nicht mir, sondern... der Wäscherin Akssinja. Ich... ich habe bloß Spaß gemacht... Bring es dem Hausknecht.«

DER DICKE UND DER DÜNNE

Auf einem Bahnhof der Nikolaibahn trafen sich zwei alte Bekannte: der eine war dick, der andere dünn. Der Dicke hatte soeben auf dem Bahnhof zu Mittag gespeist, und seine von einer dünnen Fettschicht überzogenen Lippen glänzten wie reife Kirschen. Er roch nach Sherry und Fleur d'orange. Der Dünne dagegen war gerade aus dem Zug gestiegen und mit Koffern, Bündeln und Kartons beladen. Er roch nach Schinken und Kaffeesatz. Hinter ihm kamen eine hagere Frau mit langem Kinn – seine Frau – und ein langaufgeschossener Gymnasiast, der das eine Auge zukniff – sein Sohn.

»Porfirij!« rief der Dicke, als er den Dünnen erblickte. »Bist du es, liebster Freund! Wieviel Jahre ist es her!«

»Mein Gott!« rief der Dünne verwundert. »Mischa! Mein Jugendfreund! Wo kommst du her?«

Die Freunde umarmten und küßten einander dreimal und sahen einander mit Tränen in den Augen an. Beide waren freudig überrascht.

»Mein Lieber!« begann der Dünne nach der Umarmung. »Das hätte ich nicht erwartet! Welche Überraschung! Nun sieh mich doch mal ordentlich an! Ja, du bist noch derselbe hübsche Kerl, der du warst! Ebenso parfümiert und elegant! Ach, du mein Gott! Nun, wie geht dir's denn? Bist du reich? Verheiratet? Ich bin schon verheiratet, wie du siehst... Das da ist meine Frau Luisa geborene Wanzenbach... Lutheranerin... Und das ist mein Sohn Nafanail, Tertianer. Das, Nafanail, ist mein Jugendfreund! Wir waren zusammen auf dem Gymnasium.«

Nafanail überlegte einen Augenblick und nahm dann die Mütze ab.

»Wir haben zusammen das Gymnasium besucht!« fuhr der Dünne dort. »Besinnst du dich noch, wie wir dich aufzogen? Wir nannten dich Herostrat, weil du mit der Zigarette ein Loch ins Klassenbuch gebrannt hattest, und mich nannten sie Ephialtes, weil ich gern petzte. Haha... Na, wir waren eben Kinder! Sei nicht so schüchtern, Nafanja! Komm doch näher zu ihm... Das ist meine Frau, geborene Wanzenbach... Lutheranerin.«

Nafanail überlegte einen Augenblick und versteckte sich dann hinter dem Rücken des Vaters.

»Nun, und wie geht es dir denn, lieber Freund«, fragte der Dicke und sah den Freund voller Entzücken an. »Bist du irgendwo angestellt? Bist du im Dienst vorwärtsgekommen?«

»Ich bin im Amt, mein Lieber! Ich bin schon das zweite Jahr Kollegienassessor und habe den Stanislaw-Orden. Das Gehalt ist freilich dürftig... nun, aber was ist da zu machen! Meine Frau gibt Musikstunden, ich verfertige privat Zigarettenetuis aus Holz. Ganz vortreffliche Zigarettenetuis! Verkaufe sie für einen Rubel das Stück. Wer zehn Stück und mehr nimmt, bekommt Rabatt, verstehst du. Wir schlagen uns eben durch, so gut wir können. Ich war bisher im Ministerium, weißt du, und jetzt bin ich in demselben Ressort als Bürovorsteher hierher versetzt... So werde ich eben weiter amtieren. Nun, und wie steht es mit dir? Du bist wohl schon Staatsrat? Was?«

»Nein, lieber Freund, geh ruhig noch etwas höher hinauf«, sagte der Dicke. »Ich habe es zum Geheimrat gebracht... Habe zwei höhere Orden.«

Der Dünne wurde auf einmal blaß und stand wie versteinert da; doch gleich darauf verzog sich sein Gesicht zu einem schiefen Lächeln; es sah aus, als ob aus seinen Augen Funken sprühten. Er schrumpfte förmlich ein, krümmte sich zusammen und wurde ganz klein... Auch seine Koffer, Bündel und Kartons verdorrten gleichsam und gingen ein. Das lange Kinn seiner Frau wurde noch länger; Nafanail nahm eine stramme Haltung an und knöpfte alle Knöpfe seiner Uniform zu...

»Euer Exzellenz, ich... Sehr angenehm! Sie sind sozusagen mein Jugendfreund, und nun sind Sie auf einmal zu so hohen Würden gelangt! Hi-hi-hi!«

»Nun aber genug!« sagte der Dicke und runzelte die Stirn. »Wozu denn dieser Ton? Wir sind doch Jugendfreunde – was sollen auf einmal diese Förmlichkeiten?«

»Aber ich bitte Sie... Was sagen Sie da?« kicherte der Dünne und schrumpfte noch mehr ein. »Die gnädige Beachtung Eurer Exzellenz ist wie belebender Tau... Dies hier, Euer Exzellenz, ist mein Sohn Nafanail... meine Frau Luisa, Lutheranerin, gewissermaßen...«

Der Dicke wollte noch etwas einwenden, aber das Gesicht des Dünnen drückte so viel Ergebenheit, Wonne und säuerliche Ehrerbietung aus, daß dem Geheimrat ganz übel wurde. Er wandte sich ab und reichte dem Dünnen die Hand zum Abschied.
Der Dünne drückte ihm drei Finger, machte mit dem ganzen Körper eine Verbeugung und kicherte wie ein Chinese: »Hi-hi-hi!« Seine Frau lächelte. Nafanail machte einen Kratzfuß und ließ seine Mütze fallen. Alle drei waren freudig überrascht.

DER TOD DES BEAMTEN

Eines Abends saß der nicht gerade schöne Exekutor Iwan Dmitritsch Tscherwjakow in der zweiten Reihe des Parketts und sah sich durchs Opernglas die »Glokken von Corneville« an. Er schaute zu und fühlte sich auf dem Gipfel der Glückseligkeit. Aber plötzlich... In Erzählungen kommt häufig dies »Aber plötzlich« vor. Die Autoren haben recht: das Leben ist so voll von Plötzlichkeiten! Aber plötzlich verzog sich sein Gesicht, die Augen gingen ihm über, der Atem stockte... er nahm das Glas von den Augen, krümmte sich und... hatschi! Er nieste, wie man sieht. Niesen ist niemandem irgendwo verboten. Die Bauern niesen und die Polizeidirektoren und zuweilen sogar Geheimräte. Alle niesen. Tscherwjakow wurde auch nicht im geringsten verlegen, wischte sich die Nase mit dem Taschentuch ab und als höflicher Mensch blickte er sich um, ob er nicht jemanden durch sein Niesen gestört habe? Aber da mußte er nun doch verlegen werden. Er sah, daß der alte Herr, der in der ersten Parkettreihe vor ihm saß, sich sorgfältig mit seinem Handschuh Glatze und Hals abrieb und etwas murmelte. Tscherwjakow erkannte in dem alten Herrn

den Zivilgeneral Brisshalow vom Verkehrsministerium.
»Ich habe ihn bespritzt!« dachte Tscherwjakow. »Es ist nicht mein Chef, es ist ein fremder Chef, aber peinlich bleibt es doch. Ich muß mich entschuldigen.«
Tscherwjakow hüstelte einmal, beugte sich mit dem Körper vor und flüsterte dem General ins Ohr: »Verzeihung, Exzellenz, ich habe Sie bespritzt... es war nicht meine Absicht...«
»Tut nichts, tut wirklich nichts...«
»Um Gottes willen, entschuldigen Sie! Ich habe es nicht gewollt!«
»Ach, sitzen Sie bitte still! Lassen Sie mich zuhören!«
Tscherwjakow wurde verlegen, lächelte dumm und begann auf die Bühne zu sehen. Er sah wohl hin, fühlte aber keine Glückseligkeit mehr. Unruhe begann ihn zu quälen. In der Pause trat er an Brisshalow heran, ging ein paar Schritte neben ihm her und murmelte, seine Schüchternheit überwindend: »Ich habe Exzellenz bespritzt... Verzeihung... Ich wollte es nicht...«
»Ach, schon gut... Ich hatte es schon vergessen, und Sie reden immer ein und dasselbe!« sagte der General und zuckte ungeduldig mit der Unterlippe.
»Er hat's vergessen, aber die Bosheit sitzt in seinen Augen«, dachte Tscherwjakow, mißtrauisch den General musternd. »Er will nicht einmal sprechen. Ich müßte ihm auseinandersetzen, daß ich es durchaus nicht gewollt habe..., daß es ein Naturgesetz ist; sonst wird er denken, daß ich ihn bespucken wollte. Wenn er's auch jetzt nicht denkt, später kann er's denken!...«
Zu Hause erzählte Tscherwjakow seiner Frau von sei-

ner Unhöflichkeit. Seine Frau nahm die Sache, wie ihm schien, gar zu leicht; sie erschrak wohl zuerst, beruhigte sich aber, als sie hörte, Brisshalow sei ein »fremder Chef«.

»Du kannst dennoch hingehen und dich entschuldigen«, sagte sie. »Sonst wird er denken, daß du dich in der Öffentlichkeit nicht zu benehmen verstehst!«

»Das ist es ja eben! Ich habe mich entschuldigt, aber er war so sonderbar... Nicht ein ordentliches Wort hat er erwidert. Es war auch keine Zeit zur Unterhaltung.«

Am folgenden Tage zog Tscherwjakow seine neue Extrauniform an, stutzte seine Haare zurecht und ging zu Brisshalow, um ihn aufzuklären... Im Empfangszimmer des Generals sah er viele Bittsteller, und inmitten der Bittsteller den General selbst, der mit der Entgegennahme der Gesuche schon begonnen hatte. Nachdem der General einige Bittsteller befragt hatte, hob er den Blick und sah Tscherwjakow an.

»Gestern in der ›Arkadia‹, wenn Ew. Exzellenz sich erinnern«, begann der Exekutor seinen Bericht, »mußte ich niesen und... habe Sie unabsichtlich bespritzt... Verz...«

»Was für ein Unsinn... Herrgott, was soll das heißen! – Was wünschen Sie?« wandte sich der General an den nächsten Bittsteller.

»Nicht einmal sprechen will er!« dachte Tscherwjakow und wurde blaß. – »Er ist also ärgerlich... Nein, das kann man nicht so lassen... ich werde es ihm auseinandersetzen...«

Als der General seine Unterhaltung mit dem letzten Bittsteller beendet hatte und sich in die inneren Gemächer begeben wollte, ging Tscherwjakow ihm nach und murmelte: »Exzellenz! Wenn ich es wage, Exzellenz zu stören, so geschieht das, aufrichtig gesagt, aus einem Gefühl der Reue!... Es geschah nicht absichtlich, wie Sie selbst wissen!«

Der General machte ein weinerliches Gesicht und winkte mit der Hand.

»Sie machen sich einfach über mich lustig, verehrter Herr!« sagte er und verschwand in der Tür.

»Ich soll mich über ihn lustig machen?« dachte Tscherwjakow. »Davon kann gar nicht die Rede sein! Ein General, und kann es nicht begreifen! Wenn es so steht, werde ich mich bei diesem Wichtigtuer nicht entschuldigen! Hol ihn der Teufel! Ich werde ihm einen Brief schreiben, aber ich gehe nicht mehr hin! Bei Gott, ich gehe nicht mehr hin!«

So dachte Tscherwjakow auf dem Wege nach Hause. Aber den Brief an den General schrieb er nicht. Er dachte nach, dachte nach, und wurde mit dem Brief nicht fertig. Und so mußte er am folgenden Tage wieder persönlich hingehen, um seine Erklärung abzugeben.

»Ich habe Exzellenz gestern inkommodiert«, murmelte er, als der General ihn fragend ansah, »nicht, um mich lustig zu machen, wie Sie zu sagen beliebten. Ich wollte mich dafür entschuldigen, daß ich Sie beim Niesen bespritzte... Ich habe nicht daran gedacht, mich lustig zu machen. Wie soll ich das wagen? Wenn wir uns lustig machen wollten, wo bliebe dann der Respekt vor den Standespersonen... das kann nicht sein...«

»Mach, daß du rauskommst!« brüllte plötzlich der General, blau vor Wut und am ganzen Körper bebend.

»Wie?« stammelte Tscherwjakow leise, vor Schreck vergehend.

»Mach, daß du rauskommst!« wiederholte der General und stampfte mit den Füßen.

In Tscherwjakows Leib riß etwas. Ohne zu hören und zu sehen, wich er zur Tür zurück, eilte auf die Straße und schleppte sich mühsam davon... Ganz mechanisch langte er zu Hause an, legte sich, ohne die Extrauniform ausgezogen zu haben, auf das Sofa und... starb.

DIE AUSTERN

Ich brauche mein Gedächtnis nicht besonders anzustrengen, um mich in allen Einzelheiten an den regnerischen, dämmerigen Herbstabend zu erinnern: ich stehe mit meinem Vater in einer der belebten Straßen Moskaus und fühle, wie sich meiner allmählich eine eigentümliche Krankheit bemächtigt. Ich habe keine Schmerzen, doch die Beine versagen mir den Dienst, die Worte bleiben mir in der Kehle stecken, der Kopf fällt matt zur Seite... Allem Anschein nach muß ich sofort umsinken und das Bewußtsein verlieren.

Wäre ich damals ins Krankenhaus gekommen, so hätten die Ärzte auf meine Tafel schreiben müssen: Fames – eine Krankheit, die es in medizinischen Lehrbüchern nicht gibt. Neben mir auf dem Trottoir steht mein Vater im abgetragenen Sommermantel und mit einer Trikotmütze, aus der ein Stück weißer Watte hervorguckt. Seine Füße stecken in großen, schweren Galoschen. Damit die Leute nicht sehen, daß er die Galoschen an den bloßen Füßen trägt, hat dieser eitle Mensch alte Stiefelschäfte über seine Schienbeine gezogen.

Dieser arme, etwas einfältige Sonderling, den ich um so lieber habe, je zerrissener und schmutziger sein stutzerhafter Sommermantel wird, kam vor fünf Monaten in die Hauptstadt, um eine Stellung als Schreiber zu suchen. Die ganzen fünf Monate ist er in der Stadt umhergelaufen und hat um Arbeit gebeten – und erst heute hat er sich entschlossen, auf die Straße zu gehen und um Almosen zu bitten...

Uns gegenüber steht ein dreistöckiges Haus mit einem blauen Aushängeschild: »Restaurant«. Ich biege meinen Kopf etwas zurück und zur Seite, und so sehe ich unwillkürlich hinauf zu den erleuchteten Fenstern des Restaurants. In den Fenstern tauchen hin und wieder menschliche Gestalten auf. Ich sehe die rechte Seite eines Orchestrions, zwei Öldrucke, Hängelampen... Indem ich aufmerksam in eins dieser Fenster schaue, sehe ich einen weiß schimmernden Fleck. Dieser Fleck ist unbeweglich und hebt sich mit seinen geradlinigen Konturen von dem einheitlich dunkelbraunen Grund ab. Ich strenge meine Augen an und stelle fest, daß der Fleck ein weißes Plakat ist. Auf ihm steht etwas geschrieben, was ich nicht entziffern kann...

Eine halbe Stunde lang kann ich meine Augen nicht von dem Plakat losreißen. Seine weiße Farbe zieht meine Augen an und hypnotisiert förmlich mein Gehirn. Ich bemühe mich, es zu lesen, aber meine Bemühungen sind vergeblich.

Schließlich tritt die seltsame Krankheit in ihre Rechte.

Der Lärm der Equipagen beginnt mir als Donner zu erscheinen, im Straßengestank unterscheide ich tausenderlei Gerüche, die Lampen des Gasthauses und die Straßenlaternen werden in meinen Augen zu blendenden Blitzen, Meine fünf Sinne sind gespannt und übernormal empfänglich. Ich beginne das zu sehen, was ich bisher nicht sah.

»Austern«, entziffere ich jetzt auf dem Aushängeschild.

Seltsames Wort! Genau acht Jahre und drei Monate habe ich auf der Erde gelebt und das Wort nie gehört. Was bedeutet es? Ist es der Name des Wirtes? Aber man hängt doch die Schilder mit dem Namen an den Türen auf und nicht an den Wänden!

»Papa, was bedeutet: Austern?« frage ich mit heiserer Stimme und bemühe mich, mein Gesicht meinem Vater zuzuwenden.

Mein Vater hört nicht. Aufmerksam verfolgt er die Bewegungen der Menge und begleitet jeden Vorübergehenden mit seinen Blicken... Ich sehe es seinen Augen an, daß er den Vorübergehenden etwas sagen will, doch hängt das entscheidende Wort wie ein schweres Gewicht an seinen zitternden Lippen und kann sich nicht losreißen.

Einem Vorübergehenden ging er sogar einige Schritte nach und berührte ihn am Ärmel, aber als der sich umdrehte, sagte er nur »Entschuldigen Sie!«, ward verlegen und zog sich zurück.

»Papa, was bedeutet: Austern?« wiederhole ich.

»Das ist ein Tier... Es lebt im Meere...«

Augenblicklich stelle ich mir dies unbekannte Seetier vor. Vermutlich ist es etwas zwischen einem Fisch und einem Krebs. Weil es ein Seetier ist, bereitet man natürlich eine schmackhafte heiße Fischsuppe aus ihm mit duftigem Pfeffer und Lorbeerblättern, eine säuerliche Sseljanka mit Knörpelchen, eine Krebssoße, eine Fischgallerte mit Meerrettich... Lebhaft stelle ich mir vor, wie man das Tier vom Markte heimbringt, es rasch ausnimmt, rasch in den Topf wirft... rasch – rasch, weil alle essen wollen... weil alle schrecklichen Hunger haben! Aus der Küche riecht es nach gebratenem Fisch und Krebssuppe.

Ich fühle, wie dieser Duft mir Gaumen und Nase kitzelt, wie er sich allmählich meines ganzen Körpers bemächtigt... Das Gasthaus, mein Vater, das Plakat, meine Ärmel – alles strömt diesen Geruch aus, riecht so stark, daß ich zu kauen beginne. Ich kaue und schlucke, als hätte ich wirklich ein Stück dieses Seetieres im Munde...

Meine Beine knicken von dem unglaublichen Genuß zusammen, den ich dabei empfinde, und um nicht umzufallen, fasse ich meinen Vater am Ärmel und schmiege mich an seinen nassen Sommermantel. Der Vater zittert und krümmt sich – ihn friert...

»Papa, sind Austern eine Fasten- oder eine Fleischspeise?« frage ich ihn.

»Man ißt sie lebendig«, sagt mein Vater. »Sie stecken in Schalen wie Schildkröten, aber... bestehen aus zwei Hälften.«

Der angenehme Geruch hört sogleich auf, meine Sinne zu kitzeln, die Illusion verschwindet... Jetzt begreife ich alles!

»Wie ekelhaft«, flüstere ich, »wie ekelhaft!«

Das also sind Austern! Ich stelle mir ein Tier vor, das einem Frosche ähnelt. Der Frosch sitzt in einer Muschel, schaut mit großen, glänzenden Augen aus ihr hervor und bewegt seine abscheulichen Kinnladen. Ich stelle mir

vor, wie man dies Tier in der Muschel vom Markt bringt mit Scheren, glänzenden Augen und schleimiger Haut... Alle Kinder verstecken sich, aber die Köchin faßt, verächtlich die Stirn runzelnd, das Tier an einer Schere, legt es auf den Teller und bringt es ins Speisezimmer. Die Erwachsenen essen es... essen es bei lebendigem Leibe samt Augen, Zähnen, Pfoten! Das Tier piepst und versucht, in die Lippen zu beißen...
Ich runzele die Stirn, aber... aber warum beginnen meine Lippen zu kauen? Das Tier ist garstig, eklig, schrecklich, und doch esse ich es, esse es gierig, aus Angst, seinen Geschmack und Geruch festzustellen. Ein Tier habe ich schon verzehrt, ich sehe noch die glänzenden Augen des zweiten, dritten... Auch diese esse ich... Endlich verzehre ich, die Serviette, den Teller, Vaters Galoschen, das weiße Plakat... Ich esse alles, was mir in die Augen fällt, weil ich fühle, daß nur durch Essen meine Krankheit geheilt werden kann. Die Austern sehen mich mit ihren Augen so schrecklich an und sind so abstoßend, ich zittere beim Gedanken an sie, aber ich will essen! essen! »Gebt mir Austern! Gebt mir Austern!« entringt sich meiner Brust ein Schrei, und ich strecke meine Hände aus.
»Helfen Sie, meine Herrschaften!« höre ich in diesem Augenblick die hohle, gepreßte Stimme meines Vaters. – »Ich schäme mich, zu betteln, aber – mein Gott! – ich habe keine Kraft mehr!«
»Gebt mir Austern!« schreie ich und zerre den Vater am Ärmel.
»Ißt du denn etwa Austern? So ein kleiner Kerl!« höre ich neben mir lachen. Vor uns stehen zwei Her-

ren in Zylinderhüten und schauen mir lachend ins Gesicht.

»Du, kleiner Knirps, ißt Austern? Wirklich? Das ist ja interessant! Wie ißt du sie denn?«

Ich erinnere mich, daß eine kräftige Hand mich in das beleuchtete Restaurant hineinschleppte. Einen Augenblick später hat sich um uns eine Menge Leute versammelt und sieht mich neugierig und lachend an. Ich sitze am Tisch und esse etwas Schleimiges, Salziges, das nach Feuchtigkeit und Schimmel schmeckt. Ich esse gierig, ohne zu kauen, ohne zu sehen und ohne mir bewußt zu werden, was ich esse. Mir scheint: sobald ich aufsehe, erblicke ich unbedingt die glänzenden Augen, die Scheren und spitzen Zähne...

Plötzlich beginne ich etwas Hartes zu kauen. Man hört das Knirschen der Zähne.

»Ha – ha – ha! Er ißt ja die Schalen!« lacht die Menge. »Kleiner Dummkopf, kann man die denn essen?«

Dann entsinne ich mich eines fürchterlichen Durstes. Ich liege in meinem Bett und kann vor Sodbrennen und dem seltsamen Geschmack, den ich in meinem heißen Munde spüre, nicht einschlafen. Mein Vater geht aus einer Ecke in die andere und gestikuliert.

»Ich habe mich anscheinend erkältet«, murmelt er. »Ich fühle so etwas im Kopf... wie wenn jemand drin säße... Vielleicht kommt das nur daher, daß ich... wirklich... heute nichts gegessen habe... Ich bin wirklich absonderlich und dumm... Ich sehe, daß diese Herren für Austern zehn Rubel zahlen, warum kann ich denn nicht an sie herantreten und sie um einige bitten... auf Borg? Sicherlich würden sie etwas geben...«

Gegen Morgen schlafe ich ein und träume von einem Frosch mit Scheren, der in einer Muschel sitzt und die Augen bewegt. Mittags wache ich vor Durst auf und suche mit meinen Augen nach dem Vater: immer noch geht er auf und ab und gestikuliert...

WANJKA

Wanjka Shukow, ein neunjähriger Knabe, den man vor drei Monaten zum Schuster Aljachin in die Lehre gegeben hatte, legte sich am Weihnachtsabend nicht schlafen. Er wartete, bis die Wirtsleute und Gesellen zum Frühgottesdienst gegangen waren, holte aus des Meisters Schrank das Tintenfaß, den Federhalter mit der verrosteten Feder hervor, legte einen zerknüllten Bogen Papier vor sich und begann zu schreiben. Ehe er den ersten Buchstaben hinsetzte, schaute er sich einige Male ängstlich nach Tür und Fenstern um, schielte nach dem dunklen Heiligenbild hin, zu dessen beiden Seiten sich Wandbretter mit den Leisten hinzogen, und seufzte tief auf. Das Papier lag auf der Bank, und er selbst kniete vor der Bank.

»Liebes Großväterchen Konstantin Makarytsch!« schrieb er. »Ich schreibe Dir einen Brief. Ich gratuliere Euch zu Weihnachten und wünsche Dir alles Gute vom Herrgott. Ich habe weder Vater noch Mutter, nur Du allein bist mir geblieben.«

Wanjka ließ die Augen zum dunklen Fenster gleiten, in dem sich eine Kerze widerspiegelte, und stellte sich lebhaft seinen Großvater Konstantin Makarytsch vor, der als Nachtwächter bei den Herrschaften Shiwarjow diente. Er ist ein kleiner, hagerer, aber ungewöhnlich behender und beweglicher Greis von fünfundsechzig Jahren, mit einem ewig lächelnden Gesicht und Trinkeräuglein. Tagsüber schläft er in der Leuteküche oder schäkert mit den Köchinnen, nachts aber geht er, mit einem weiten Schafpelz umgetan, um das Gutsgehöft herum und schlägt sein Klopfholz. Hinter ihm laufen mit gesenktem Kopf die alte Kaschtanka und der junge »Wjun«. Dieser »Wjun« ist ungewöhnlich höflich und freundlich, betrachtet die eigenen Leute und Fremde mit gleichem Wohlgefallen, erfreut sich aber keiner Sympathie. Unter seiner Höflichkeit und Demut verbirgt sich eine vollkommen jesuitische Tücke. Niemand versteht es besser als er, sich im rechten Augenblick heranzustehlen und einen beim Bein zu packen, sich in den Eiskeller einzuschleichen oder dem Bauern ein Huhn zu stehlen. Schon manches Mal hat man ihm die Hinterbeine fast zerschlagen, zweimal hat man ihn aufgehängt, hat ihn allwöchentlich halb zu Tode geprügelt, aber er lebte immer wieder auf.

Jetzt steht sicherlich Großväterchen am Tor, blinzelt zu den hell erleuchteten Fenstern der Dorfkirche hinüber und schwatzt lustig mit dem Hofgesinde, indem er dabei mit seinen Filzstiefeln von einem Fuß auf den andern tritt. Sein Klopfholz hat er an den Gürtel gebunden. Er schlägt die Arme zusammen, krümmt sich vor Kälte und kneift, greisenhaft kichernd, bald das Stubenmädchen, bald die Köchin.

»Wollen wir nicht etwas Tabak schnupfen?« fragt er und hält den Weibern seine Tabaksdose hin.

Die Weiber schnupfen und niesen. Großvater gerät in unbeschreibliches Entzücken, bricht in ein fröhliches Gelächter aus und schreit: »Das ist ja wirklich zum Totlachen!«
Auch den Hunden geben sie Tabak zu schnupfen. Kaschtanka niest, zieht die Schnauze zusammen und geht beleidigt fort. Wjun niest aus Höflichkeit nicht und wedelt mit dem Schwanz. Das Wetter ist wundervoll, die Luft still, durchsichtig und frisch. Die Nacht ist dunkel, doch kann man das ganze Dorf mit seinen weißen Dächern und den Rauchwölkchen sehen, die aus den Schornsteinen aufsteigen, sowie die vom Reif versilberten Bäume und die großen Schneehaufen. Der ganze Himmel ist mit hell blinkenden Sternen übersät, und die Milchstraße zeichnet sich so deutlich ab, als hätte man sie vor den Feiertagen gewaschen und mit Schnee abgerieben...
Wanjka seufzte auf, tauchte die Feder ein und fuhr mit Schreiben fort: »Aber gestern wurde ich tüchtig durchgeprügelt. Der Meister schleppte mich an den Haaren auf den Hof hinaus und verwalkte mich mit dem Spann-

riemen deswegen, weil ich, als ich sein Kind in der Wiege schaukelte, aus Versehen eingeschlafen war. Und in der vorigen Woche ließ mich die Meisterin einen Hering reinigen, und ich fing beim Schwanz an, und sie nahm den Hering und begann, mir mit seiner Schnauze in die Fresse zu stoßen. Die Gesellen machen sich über mich lustig, schicken mich in die Schenke nach Schnaps und lassen mich bei den Wirtsleuten Gurken stehlen, und der Meister schlägt mich mit allem, was ihm in die Hände fällt. Richtiges Essen ist aber gar keines da. Morgens gibt es Brot, zum Mittag Brei und zum Abend ebenfalls Brot; Tee aber oder Kohlsuppe, die fressen die Wirtsleute allein. Und schlafen läßt man mich im Flur, und wenn ihr Kind weint, schlafe ich überhaupt nicht, sondern muß die Wiege schaukeln. Liebes Großväterchen! Sei um Gottes willen so lieb und nimm mich von hier nach Hause, ins Dorf... Hier ist's mir nicht möglich... Ich verneige mich tief vor Dir und werde ewig Gott bitten, nimm mich hier weg, sonst muß ich sterben...«

Wanjka verzog den Mund, rieb mit seiner schwarzen Faust die Augen und schluchzte tief.

»Ich werde für Dich Tabak reiben«, fuhr er fort, »ich will zu Gott beten, und wenn was vorkommt, so verprügele mich mordsmäßig. Und wenn Du denkst, daß es für mich keinen Dienst gibt, so will ich um Christi willen den Verwalter bitten, die Stiefel putzen zu dürfen, oder will an Fedjkas Stelle Hirtenjunge werden. Liebes Großväterchen! Hier ist's gar nicht möglich, es ist rein zum Sterben. Ich wollte schon zu Fuß ins Dorf laufen, aber ich habe keine Stiefel und fürchte mich vor dem Frost. Aber wenn ich groß geworden bin, so will

ich Dich zum Dank dafür ernähren und lasse Dir von niemandem ein Leid tun, und wenn Du stirbst, werde ich für Dein Seelenheil beten, genau wie für Mutter Pelageja.
Und Moskau ist eine große Stadt. Die Häuser sind ganz herrschaftlich, und es gibt viele Pferde, aber keine Schafe, und die Hunde sind nicht böse. Mit dem Stern ziehen die Kinder hier nicht herum, und man läßt niemanden zum Singen auf den Chor, und einmal sah ich in einem Ladenfenster Haken, die verkauft man gleich mit der Angelschnur zusammen und für jeden Fisch ganz passende, es gibt sogar einen Haken, der einen pudschweren Wels hält. Und ich habe auch Läden gesehen, wo es verschiedene Flinten, wie die des gnädigen Herrn, zu kaufen gibt, jede vielleicht hundert Rubel wert... Und in den Fleischerläden gibt es Birkhühner und Haselhühner und Hasen, aber wo man die schießt, das erzählen die Handlungsdiener nicht.
Liebes Großväterchen, und wenn es bei den Herrschaften den Weihnachtsbaum mit Naschwerk gibt, so nimm für mich eine vergoldete Nuß und verwahre sie im grünen Kästchen. Bitte darum das Fräulein Olga Ignatjewna, sage, daß sie für Wanjka ist.«
Wanjka seufzte krampfhaft auf und blickte wiederum das Fenster an... Er erinnerte sich, daß der Großvater immer in den Wald ging, um für die Herrschaften den Weihnachtsbaum zu holen, und daß er seinen Enkel dabei mitnahm. Das war eine lustige Zeit! Und der Großvater ächzte, und der Frost ächzte, und wenn er das merkte, ächzte auch Wanjka... Ehe er den Weihnachtsbaum fällte, pflegte der Großvater sein Pfeifchen

auszurauchen, umständlich Tabak zu schnupfen und sich über den verfrorenen Wanjka lustig zu machen... Vom Reif ganz eingehüllt stehen die jungen Tannen unbeweglich da und warten, welche von ihnen sterben muß. Und ehe man sich's versieht, läuft pfeilgeschwind ein Hase über die Schneehaufen dahin. Großvater kann nicht umhin, loszuschreien: »Halt, halt... halt! Ach, du kurzschwänziger Teufel!«
Die gefällte Tanne schleppte Großvater ins Herrenhaus, und dort machte man sich daran, sie zu putzen... Am meisten bemühte sich darum Fräulein Olga Ignatjewna, die Wanjka besonders liebte. Als noch Wanjkas Mutter, Pelageja, lebte und bei den Herrschaften Stubenmädchen war, fütterte Olga Ignatjewna Wanjka mit Kandiszucker und lehrte ihn aus Langeweile lesen, schreiben, bis hundert zählen und sogar Quadrille tanzen. Als aber Pelageja starb, brachte man das Waisenkind Wanjka zum Großvater in die Leuteküche und aus der Küche nach Moskau zum Schuster Aljachin...
»Komm her, liebes Großväterchen«, fuhr Wanjka fort, »in Christi Namen flehe ich Dich an, nimm mich von hier fort. Erbarme dich über mich unglückliches Waisenkind; denn hier schlagen mich alle, und ich möchte so gern essen, und ich habe solch eine Sehnsucht, daß es schwer zu sagen ist, ich weine immer. Und neulich schlug mir der Meister mit einem Leisten über den Kopf, so daß ich hinfiel und nur mit Mühe wieder zur Besinnung kam. Mein Leben ist unrettbar hin, schlimmer als ein Hundeleben... Ich grüße noch Aljona, den einäugigen Jegorka und den Kutscher, aber meine Harmonika verschenke an niemanden. Ich bleibe Dein

Enkel Iwan Shukow, liebes Großväterchen, komm her...«
Wanjka faltete das beschriebene Blatt Papier vierfach zusammen und steckte es in einen Umschlag, den er am Abend vorher für eine Kopeke gekauft hatte... Dann dachte er ein wenig nach, tauchte die Feder ein und schrieb die Adresse:
»Ins Dorf für Großväterchen.«
Darauf kratzte er sich, dachte nach und fügte hinzu: »An Konstantin Makarytsch.« Zufrieden darüber, daß man ihn im Schreiben nicht gestört hatte, setzte er seine Mütze auf und lief im Hemd, ohne seinen kleinen Pelz überzuwerfen, auf die Straße...
Die Angestellten des Fleischerladens, die er tags zuvor ausfragte, hatten ihm gesagt, daß man Briefe in die Postkästen stecke, und aus den Postkästen würden sie auf der ganzen Erde in Posttroikas mit betrunkenen Fuhrleuten und hellklingenden Glöckchen verteilt. Wanjka lief zum ersten Postkasten hin und steckte den kostbaren Brief in den Spalt...
Eingewiegt von süßen Hoffnungen schlief er nach einer Stunde fest... Er sah im Traume den Ofen. Auf dem Ofen sitzt der Großvater, läßt die bloßen Füße herunterhängen und liest den Köchinnen den Brief vor... Am Ofen geht Wjun auf und ab und wedelt mit dem Schwanz...

DIE TOTENMESSE

In der Kirche der Mutter Gottes Odigitria, die sich im Dorfe Werchnije-Zaprudy befindet, war die Messe soeben zu Ende gegangen. Das Volk kam in Bewegung und strömte aus der Kirche. Nur der Krämer Andrei Andreitsch, gebildeter, alter Einwohner von Werchnije-Zaprudy, rührt sich nicht. Er hat sich auf die Brüstung des rechten Chores gelehnt und wartet. Sein glattrasiertes, feistes, von früheren Pickeln unebenes Gesicht drückt heute zwei entgegengesetzte Gefühle aus: Demut vor dem unerforschlichen Geschick und grenzenlosen, dummen Hochmut gegenüber den an ihm vorübergehenden Röcken und bunten Kopftüchern der Bauernweiber. Aus Anlaß des Sonntags ist er wie ein Geck gekleidet. Er trägt einen Tuchpaletot mit gelben Hornknöpfen, blaue Hosen mit Bortenbesatz und solide Galoschen, wie sie nur solide, vernünftige und religiös-überzeugte Leute zu tragen pflegen.
Seine verquollenen, trägen Augen sind auf den Ikonostas gerichtet. Er sieht die vertrauten Antlitze der Heiligen, den Kirchendiener Matwei, der die Backen aufbläst und die Kerzen löscht, er sieht die verdunkelten Fensterläden, den abgenutzten Teppich, den Küster Lopu-

chow, der schnell hinter dem Altar hervorläuft und dem Kirchenältesten eine Hostie bringt... Alles dies hat er schon häufig gesehen und immer wieder gesehen, so wie seine fünf Finger... Ein wenig sonderbar übrigens und ungewöhnlich ist nur eines: an der nördlichen Türe steht Priester Grigorij, der sein Ornat noch nicht abgenommen hat und ärgerlich mit seinen dichten Augenbrauen blinkt.

»Wem mag er nur zublinken?« denkt der Krämer. »Nun winkte er sogar mit dem Finger und stampfte mit dem Fuß, sieh einer an!... Was ist denn los, Himmelskönigin? Wem gilt denn das?«

Andrei Andreitsch blickt sich um und sieht, daß die Kirche schon ganz leer geworden ist. An den Türen drängen sich noch etwa zehn Menschen, aber die stehen mit dem Rücken zum Altar.

»Komm doch, wenn man dich ruft! Was stehst du da wie eine Bildsäule?« hört er die ärgerliche Stimme des Priesters Grigorij. »Dich rufe ich!«

Der Krämer sieht das gerötete, zornige Gesicht des Vaters Grigorij, und nun erst reimt er sich zusammen, daß das Blinken der Augenbrauen und das Winken des Fingers sich auf ihn beziehen kann. Er fährt zusammen, entfernt sich vom Chor und geht zögernd, mit seinen soliden Galoschen polternd, zum Altar.

»Andrei Andreitsch, du hast wohl für ein Offertorium zur Ruhe der seligen Marija gegeben?« fragt der Geistliche und richtet ärgerlich seinen Blick auf das feiste, schwitzende Gesicht.

»Das ist richtig.«

»Also du hast dies geschrieben? Du?«

Und Priester Grigorij hält ihm ärgerlich einen Zettel vor die Augen. Und auf diesem Zettel, den Andrei Andreitsch wegen eines Offertoriums mit Hostie übergeben hat, steht in großen, gleichsam schwankenden Buchstaben geschrieben: »Für die Ruhe der Magd Gottes, der Buhlerin Marija.«
»Jawohl... ich habe das geschrieben...«, antwortet der Krämer.
»Wie konntest du wagen, dies zu schreiben?« flüstert, die Worte dehnend, der Geistliche, und Zorn und Schrecken klingen aus seinem heiseren Flüstern.
Der Krämer blickt ihn mit stumpfsinniger Verwunderung an, ist unschlüssig und erschrickt selbst: noch niemals hat Priester Grigorij in diesem Tone mit einem Gebildeten von Werchnije-Zaprudy gesprochen! Beide schweigen einen Augenblick und sehen einander in die Augen. Die Unentschlossenheit des Krämers ist so groß, daß sein feistes Gesicht nach allen Seiten wie vergossener Teig auseinanderfließt.
»Wie konntest du das wagen?« wiederholt der Geistliche
»Was... was denn?« fragt verwundert Andrei Andreitsch. »Du begreifst das nicht?« flüstert Priester Grigorij, tritt erstaunt einen Schritt zurück und schlägt die Hände zusammen. »Was trägst du denn auf deinen Schultern: einen Kopf oder einen andern Gegenstand? Du gibst einen Zettel zum Opferaltar und schreibst auf ihn ein Wort, das sogar auf der Straße auszusprechen sich nicht ziemt! Was sperrst du die Augen auf? Weißt du denn nicht, welchen Sinn dies Wort hat?«
»Sie meinen das Wort ›Buhlerin‹?« murmelt der Krä-

mer, errötend und mit den Augen zwinkernd. »Aber der Herr in Seiner Gnade... eben dasselbe, er verzieh der Buhlerin... er bereitete ihr einen Platz, und auch aus der Lebensbeschreibung der heiligen Maria von Ägypten ist zu ersehen, in welchem Sinn eben dies Wort gebraucht ist, verzeihen Sie...«

Der Krämer will noch ein Argument zu seiner Rechtfertigung anführen, aber er erschrickt und wischt seinen Mund mit dem Ärmel ab.

»So also faßt du das auf!« ruft der Priester Grigorij und schlägt die Hände zusammen. »Aber Gott verzieh ja – verstehst du? – verzieh, während du verurteilst, verunglimpfest und mit einem unanständigen Wort benennst, und noch dazu wen, die verstorbene leibliche Tochter! Nicht nur aus der Heiligen Schrift, nicht einmal aus einer weltlichen Schrift kannst du eine solche Sünde herauslesen! Ich wiederhole dir, Andrei: man soll nicht klügeln! Ja, mein Lieber, man soll nicht klügeln! Wenn Gott dir einen prüfenden Verstand gab, und du kannst ihn nicht anwenden, dann grüble du lieber gar nicht... Grüble nicht und schweig still!«

»Aber sie war ja doch... verzeihen Sie, sie war doch Schauspielerin!« sagt verwirrt Andrei Andreitsch.

»Schauspielerin! Was sie auch gewesen sein mag, du mußt nach ihrem Tode alles vergessen und das nicht auch noch auf den Zettel schreiben!«

»Das ist richtig!...« stimmt der Krämer zu.

»Man müßte dir eine Kirchenbuße auferlegen«, ruft aus der Tiefe des Altars der Diakon und blickt verächtlich in das verwirrte Gesicht von Andrei Andreitsch, »dann würdest du aufhören herumzuklügeln! Deine Tochter

war eine bekannte Künstlerin. Über ihren Tod schreiben sogar die Zeitungen... du Philosoph!«
»Es ist natürlich... wirklich...«, murmelt der Krämer, »kein passendes Wort, aber ich wollte es nicht als Verurteilung, Priester Grigorij, sondern in göttlicher Weise gebrauchen, daß es Ihnen ersichtlicher wäre, für wen Sie bitten sollen. In den Verzeichnissen für die Seelenmessen sind ja verschiedene Namen aufgezeichnet, in der Art des Knaben Johannes, der ertrunkenen Pelageja, Georg des Kriegers, des ermordeten Paulus und manches der Art... So meinte auch ich das.«
»Wie töricht, Andrei... Gott wird dir verzeihen, aber ein anderes Mal nimm dich in acht. Vor allem, klügle nicht und folge im Denken dem Beispiel der übrigen. Mache zehn Verbeugungen und geh.«
»Ich tue so«, sagt der Krämer, froh, daß der Verweis sein Ende gefunden hat, und gibt seinem Gesicht wieder den Ausdruck der Würde und Gesetztheit... »Zehn Verbeugungen? Sehr gut, ich begreife. Und jetzt, Väterchen, erlauben Sie, Sie zu bitten... Weil ich doch ihr Vater bin... Sie wissen selbst, und sie ist doch, was sie auch gewesen sein mag, meine Tochter, so will ich... verzeihen Sie, will ich Sie bitten, heute eine Seelenmesse abzuhalten. Erlauben Sie mir, Sie darum zu bitten, Vater Diakon!«
»So, das ist gut!« sagt Priester Grigorij und zieht sich das Ornat ab. »Dafür lobe ich dich. Das kann man billigen... Nun, so geh! Wir kommen sofort heraus.«
Andrei Andreitsch schreitet würdig vom Altar fort und bleibt geröteten Gesichtes mit feierlicher Trauermiene in der Mitte der Kirche stehen. Der Kirchendiener

Matwei stellt das Tischchen mit der Totengrütze vor ihn auf, und bald danach beginnt die Totenmesse. In der Kirche ist es ganz still. Man hört nur den metallenen Klang des Weihrauchbeckens und das langgezogene Singen... Neben Andrei Andreitsch stehen der Kirchendiener Matwei, die Hebamme Makarjewna und ihr Söhnchen Mitjka mit dem verdorrten Arm. Sonst ist niemand zugegen. Der Küster singt schlecht, mit unangenehmem, dumpfem Baß, aber die Melodie und die Worte sind so traurig, daß der Krämer nach und nach den Ausdruck der Gesetztheit verliert und in Trauer versinkt. Er denkt an seine Maschutka... Er erinnert sich, daß sie ihm geboren wurde, als er noch Diener bei den Herrschaften von Werchnije-Zaprudy war. Bei all der Hast seines Dienerdaseins bemerkte er nicht, wie das Mädchen heranwuchs. Diese lange Zeit, in der sie sich zu einem graziösen Wesen mit hellblondem Köpfchen und großen nachdenklichen Augen entwickelte, ging an ihm unvermerkt vorbei. Sie wurde wie überhaupt alle Kinder der Lieblingsdiener in der Nähe der Fräuleins verwöhnt erzogen. Die Herrschaften lehrten sie aus Langeweile lesen, schreiben und tanzen, und er mischte sich nicht in ihre Erziehung ein. Hin und wieder nur, wenn er zufällig mit ihr irgendwo am Tor oder auf dem Treppenabsatz zusammentraf, kam ihm der Gedanke, daß sie ja seine Tochter sei, und er begann, soweit er dazu Muße hatte, ihr Gebete und die Heilige Geschichte beizubringen. Oh, schon damals galt er als Kenner der Kirchenordnung und der Heiligen Schrift! Das Mädchen hörte ihn bereitwillig an, so düster und solid das Gesicht des Vaters auch war. Die Gebete

sprach sie ihm gähnend nach, dafür aber wurde sie ganz Ohr, wenn er, stotternd und bemüht, sich möglichst bilderreich auszudrücken, ihr Geschichten zu erzählen begann. Das Linsengericht Esaus, Sodoms Vernichtung und die Leiden des kleinen Jungen Joseph ließen sie erbleichen, und sie öffnete weit die blauen Augen.
Als er hernach seine Stellung als Diener aufgab und für das gesparte Geld im Dorf einen Laden einrichtete, fuhr Maschutka mit den Herrschaften nach Moskau...
Drei Jahre vor ihrem Tode besuchte sie den Vater. Er erkannte sie kaum wieder. Sie war eine junge schlanke Frau geworden mit den Manieren einer Dame und damenhaft gekleidet. Sie sprach sehr klug, fast wie ein Buch, rauchte Zigaretten und schlief bis Mittag. Als Andrei Andreitsch sie fragte, womit sie sich beschäftige, antwortete sie, ihm kühn in die Augen blickend: »Ich bin Schauspielerin!« Diese Offenheit erschien dem früheren Diener als der Gipfel des Zynismus. Maschutka wollte beginnen, mit ihren Erfolgen, ihrem Schauspielerleben zu prahlen, als sie aber sah, daß der Vater purpurrot wurde und die Achseln zuckte, verstummte sie. Und schweigend, sich einander nicht ansehend, verlebten sie etwa zwei Wochen, bis unmittelbar vor ihrer Abreise. Da bat sie ihren Vater, mit ihr am Ufer spazierenzugehen. So peinlich es ihm war, am hellen Tag vor den Augen des ganzen ehrbaren Volkes mit einer Tochter, die Schauspielerin war, spazierenzugehen, gab er ihren Bitten doch nach...
»Was für eine wunderbare Gegend«, rief sie beim Spaziergang entzückt aus. »Was für Schluchten und Sümpfe! Mein Gott, wie schön meine Heimat ist!«

Und sie brach in Tränen aus.
»Diese Landschaft nimmt nur Platz fort...«, dachte Andrei Andreitsch, blickte stumpfsinnig die Schluchten an – er begriff das Entzücken der Tochter nicht... »Man hat von ihnen so viel Nutzen wie Milch vom Ziegenbock.«
Und sie weinte, weinte und atmete gierig mit voller Brust, als wenn sie fühlte, daß ihr nicht mehr viel Zeit zum Atmen geblieben sei...

Andrei Andreitsch schüttelt seinen Kopf wie ein gebissenes Pferd, und, um die schweren Erinnerungen zu betäuben, beginnt er sich rasch zu bekreuzigen... »Gedenke, Herr«, murmelt er, »deiner verstorbenen Magd, der Buhlerin Marija, und verzeih ihr die freiwillige und unfreiwillige Sünde...«
Das unanständige Wort ringt sich wieder von seiner Zunge, aber er bemerkt das nicht: was sich im Bewußtsein festgesetzt hat, kann man bekanntlich nicht durch die Belehrungen des Priesters Grigorij, aber auch mit

einem Nagel nicht herauskratzen! Die Makarjewna seufzt und flüstert etwas, indem sie die Luft einzieht, und Mitjka mit dem verdorrten Arm sinnt über irgend etwas nach...

»... allwo es nicht Krankheit, Kummer und Seufzen gibt...«, dröhnt die Stimme des Küsters, der mit der Hand die rechte Wange bedeckt.

Aus dem Weihrauchbecken steigt bläulicher Rauch auf und badet sich in dem breiten, schrägen Sonnenstrahl, der die düstere, leblose Öde der Kirche durchschneidet. Und es ist, als schwebe, zusammen mit dem Rauch, in dem Sonnenstrahl die Seele der Verstorbenen. Die kleinen Ströme des Rauchs, Kinderlocken ähnlich, wirbeln umher, werden in die Höhe zum Fenster getragen; sie weichen gleichsam der Verzagtheit und Trauer aus, mit denen diese arme Seele erfüllt ist...

EIN BEKANNTER HERR

Die allerliebste Wanda oder, wie sie im Paß hieß, die »Ehrenbürgerin« Nastassja Kanawkina, befand sich bei ihrer Entlassung aus dem Krankenhaus in einer Lage, in der sie früher nie gewesen war: sie war ohne Unterkunft und ohne einen Pfennig Geld. Was sollte sie anfangen?

Das erste, was sie tat, war, daß sie sich ins Leihhaus begab und dort ihren Türkisring versetzte – ihren einzigen Wertgegenstand. Für den Ring bekam sie einen Rubel, aber... was kann man für einen Rubel kaufen?

Für diese Summe kann man weder ein kurzes modernes Jackett noch einen hohen Hut, noch bronzefarbene Schuhchen kaufen, und ohne diese Sachen fühlte sie sich so gut wie nackt. Ihr schien, daß nicht nur die Menschen, sondern sogar die Pferde und Hunde sie anschauten und über die Einfachheit ihrer Kleidung lachten. Und sie dachte nur an ihre Kleidung, die Frage aber, was sie essen und wo sie übernachten würde, beunruhigte sie nicht im geringsten.

»Wenn ich wenigstens einen bekannten Herrn träfe«, dachte sie. »Ich würde Geld annehmen... Mir wird es niemand abschlagen, weil...«

Aber bekannte Herren begegneten ihr nicht. Es ist nicht schwer, sie abends in der »Renaissance« anzutreffen, aber in diesem einfachen Kleide und ohne Hut würde man sie in die »Renaissance« gar nicht hineinlassen. Was sollte sie anfangen? Nach langem, qualvollem Hin und Her, als sie des Gehens und Sitzens und Nachdenkens schon müde geworden war, beschloß Wanda, das letzte Mittel zu ergreifen: zu irgendeinem bekannten Herrn direkt in die Wohnung zu gehen und um Geld zu bitten.

»Zu wem könnte ich wohl gehen?« überlegte sie. »Zu Mischa geht es nicht – er ist verheiratet... Der rothaarige Alte hat jetzt Dienst...«

Wanda fiel der Zahnarzt Finkel ein, ein getaufter Jude, der ihr vor drei Monaten ein Armband geschenkt und dem sie einmal beim Abendessen im Deutschen Klub ein Glas Bier auf den Kopf gegossen hatte. Als ihr Finkel einfiel, freute sie sich sehr.

»Er wird mir sicherlich etwas geben, wenn ich ihn nur zu Hause treffe...«, dachte sie auf dem Wege zu ihm. »Wenn er mir nichts gibt, zerschlage ich bei ihm alle Lampen.«

Als sie sich der Tür des Zahnarztes näherte, hatte sie schon ihren Plan fertig: sie wird lachend die Treppe hinauflaufen, in das Kabinett des Arztes stürzen und fünfundzwanzig Rubel verlangen... Als sie aber nach der Klingel griff, entschwand dieser Plan wie von selbst aus ihrem Kopf. Wanda bekam plötzlich Angst und wurde aufgeregt, was mit ihr früher nie geschehen war. Dreist und frech war sie nur in bezechter Gesellschaft, jetzt aber, in gewöhnlicher Kleidung und in der Rolle

einer gewöhnlichen Bittstellerin, die man nicht zu empfangen braucht, fühlte sie sich schüchtern und gedemütigt. Sie schämte sich und wurde ängstlich.
»Vielleicht hat er mich schon vergessen«, dachte sie und konnte sich nicht entschließen, die Klingel zu ziehen. »Und wie soll ich in einem solchen Kleide zu ihm gehen? Ganz wie eine Bettlerin oder Kleinbürgerin.«
Und sie läutete zaghaft.
Hinter der Tür vernahm man Schritte; es war der Portier. »Ist der Doktor zu Hause?« fragte sie.
Es wäre ihr jetzt lieber gewesen, wenn der Portier »nein« gesagt hätte, aber statt zu antworten, ließ er sie in die Tür hinein und nahm ihr den Mantel ab. Die Treppe erschien ihr luxuriös und großartig, aber von all dem Luxus fiel ihr besonders ein großer Spiegel auf, in dem sie ein abgerissenes Ding ohne hohen Hut, modernes Jakkett und bronzefarbene Schuhchen erblickte. Und Wanda kam es seltsam vor, daß jetzt, da sie ärmlich gekleidet war und wie eine Näherin oder Wäscherin aussah, das Schamgefühl in ihr sich meldete, und sie weder Dreistigkeit noch Frechheit fühlte und in Gedanken sich schon nicht mehr Wanda nannte, sondern wie früher Nastja Kanawkina...
»Bitte!« sagte das Zimmermädchen und führte sie in das Kabinett. »Der Doktor kommt sofort... Setzen Sie sich!«
Wanda setzte sich in einen weichen Lehnstuhl.
»Ich werde so sagen: leihen Sie mir was!« dachte sie. »Das ist anständig; denn er ist ja mit mir bekannt. Wenn nur das Mädchen hinausginge. In ihrer Gegenwart ist es peinlich... Und wozu steht sie denn hier?«

Nach etwa fünf Minuten öffnete sich die Tür, und Finkel trat ein, ein großer, brünetter Jude mit dicken Bakken und starren Augen. Backen, Augen, Bauch, die dicken Hüften – alles war an ihm so satt, widerlich, grob. In der »Renaissance« und im Deutschen Klub war er gewöhnlich angeheitert, gab viel für Frauen aus und ertrug geduldig ihre Späße (als Wanda ihm zum Beispiel das Bier auf den Kopf goß, lächelte er nur und drohte mit dem Finger), jetzt aber sah er finster und schläfrig aus, schaute wichtig und kalt drein wie ein Vorgesetzter und kaute etwas.
»Was wünschen Sie?« fragte er, ohne Wanda anzusehen.
Wanda sah das ernste Gesicht des Zimmermädchens und die satte Gestalt Finkels an, der sie anscheinend gar nicht erkannt hatte, und errötete...
»Was wünschen Sie?« wiederholte der Zahnarzt, bereits gereizt.
»Die – die Zähne tun mir weh«, stammelte Wanda.
»Aha... Welche Zähne? Wo?«
Wanda erinnerte sich, daß sie einen hohlen Zahn habe.
»Unten rechts«, sagte sie.
»Hm!... Machen Sie den Mund auf!«
Finkel runzelte die Stirn, hielt den Atem an und begann, den kranken Zahn zu untersuchen.
»Schmerzt es?« fragte er, im Zahn mit einem Eisen herumstochernd.
»Es schmerzt«, log Wanda. »Ich müßte ihn daran erinnern«, dachte sie, »dann würde er mich gewiß erkennen... Aber... das Zimmermädchen! Warum steht sie nur da?«

Finkel begann plötzlich, wie eine Lokomotive ihr direkt in den Mund zu schnaufen, und sagte: »Ich rate Ihnen ab, ihn plombieren zu lassen... Dieser Zahn wird Ihnen sowieso nichts nützen.«

Nachdem er noch ein wenig im Zahn herumgestochert und Wandas Lippen und Zahnfleisch mit seinen Tabakfingern beschmiert hatte, hielt er wiederum seinen Atem an und fuhr ihr mit etwas Kaltem in den Mund... Wanda fühlte plötzlich einen furchtbaren Schmerz, schrie auf und griff nach Finkels Arm.

»Tut nichts, tut nichts...«, murmelte er. »Seien Sie nicht bange... Von diesem Zahn hätten Sie wenig Nutzen. Man muß tapfer sein.«

Und seine mit Blut besudelten Tabaksfinger hielten ihr den ausgerissenen Zahn vor die Augen, das Zimmermädchen kam und setzte eine Schale an ihren Mund.

»Spülen Sie zu Hause mit kaltem Wasser den Mund...«, sagte Finkel, »dann wird das Bluten aufhören...«

Er stand in der Haltung eines Menschen vor ihr, der wartet, daß man endlich weggehen und ihn in Ruhe lassen werde...

»Leben Sie wohl«, sagte sie und wandte sich zur Tür.

»Hm!... Und wer wird mir meine Arbeit bezahlen?« fragte Finkel lachend.

»Ach ja«, erinnerte sich Wanda, errötete und gab dem Juden den Rubel, den sie für ihren Türkisring erhalten hatte. Als sie wieder auf die Straße gelangt war, schämte sie sich noch mehr als vordem, aber jetzt schämte sie sich schon nicht mehr ihrer Armut. Sie nahm schon nicht mehr wahr, daß sie nicht in hohem Hut und modernem Jackett war. Sie ging über die Straße, spuckte Blut, und jeder rote Blutfleck sprach ihr von ihrem Leben, von ihrem schlechten und schweren Leben, von all den Kränkungen, die sie erduldet hatte und weiterhin, morgen, nach einer Woche, nach einem Jahre – ihr ganzes Leben über bis zum Tode hin würde erdulden müssen...

»O, wie ist das schrecklich!« flüsterte sie. »Wie entsetzlich, mein Gott!«

Übrigens war sie am folgenden Tage bereits in der »Renaissance« und tanzte dort. Sie trug einen riesigen roten Hut, ein neues modernes Jackett und bronzefarbene Schuhchen. Und beim Abendessen traktierte sie ein junger, neu zugereister Kaufmann aus Kasan.

JONYTSCH

I

Wenn sich in der Gouvernementsstadt Ss. die Zugereisten über die Langeweile und Eintönigkeit des Lebens beklagten, so pflegten die Einheimischen wie zu ihrer Rechtfertigung zu erwidern, daß es sich im Gegenteil in Ss. sehr gut leben lasse, daß es in Ss. eine Bibliothek, ein Theater, einen Klub gebe, daß Bälle stattfänden, daß schließlich kluge, interessante und angenehme Familien vorhanden seien, mit denen man verkehren könne. Und dann wiesen sie gewöhnlich auf die Familie Turkin als auf die am meisten gebildete und talentierte hin.

Diese Familie bewohnte in der Hauptstraße neben dem Gouverneur ein eigenes Haus. Iwan Petrowitsch Turkin selbst, ein wohlbeleibter, hübscher brünetter Mann mit einem Backenbart, arrangierte gern Liebhabervorstellungen mit wohltätigem Zweck, spielte selber in ihnen alte Generale und pflegte dabei sehr komisch zu husten. Er kannte viele Anekdoten, Scharaden, Redensarten, liebte Neckereien und Witze, und immer hatte er einen eigenartigen Gesichtsausdruck, so daß man nicht wußte, ob er scherze oder ernsthaft spreche. Seine Frau Wera Jossifowna, eine schlanke, gutaussehende Dame mit einem Pincenez, schrieb Erzählungen und Romane und las sie bereitwillig ihren Gästen vor. Die Tochter Jekaterina Iwanowna, ein junges Mädchen, spielte Klavier. Mit einem Wort, jedes Familienmitglied besaß sein besonderes Talent. Die Turkins waren gastfreundlich und zeigten fröhlich und in der Einfalt des Herzens ihre Talente. In ihrem großen Steinhause war es geräumig und des Sommers kühl; die Hälfte der Fenster ging auf den alten schattigen Garten hinaus, wo im Frühjahr die Nachtigallen sangen. Wenn Gäste im Hause waren, so klopften in der Küche die Messer, auf dem Hof roch es nach gerösteten Zwiebeln – und das verhieß jedesmal ein reichliches und schmackhaftes Abendessen.

Auch dem Doktor Dmitrij Jonytsch Starzew sagte man, als er gerade zum Kreisarzt bestellt war und sich in Djalish, neun Werst von Ss., niedergelassen hatte, daß er als gebildeter Mann unbedingt sich mit den Turkins bekannt machen müsse. Und einst im Winter stellte man ihn auf der Straße Iwan Petrowitsch vor; sie unterhielten sich über dies und jenes, über das Wetter, das Theater, die Cholera, und dann folgte eine Einladung. Im Frühjahr an einem Feiertag – es war Himmelfahrt – begab sich Starzew nach seiner Sprechstunde in die Stadt, um sich etwas zu zerstreuen und bei der Gelegenheit das eine und das andere einzukaufen. Er ging, ohne sich zu beeilen, zu Fuß (eigene Pferde hatte er damals noch nicht) und summte die ganze Zeit vor sich hin: »Als aus des Daseins Kelch ich Tränen noch nicht trank...«

Er aß in der Stadt zu Mittag, ging im Stadtpark spazieren, dann fiel ihm unversehens die Einladung von Iwan Petrowitsch ein, und er beschloß, die Turkins zu besuchen und zu sehen, was das für Menschen seien.

»Ich grüße Sie, bitte sehr«, sagte Iwan Petrowitsch, der ihm auf der Treppe entgegenkam, »sehr, sehr freue ich mich, einen so angenehmen Gast bei mir zu sehen. Gehen wir, ich will Sie meiner Frau vorstellen. Ich sage ihm immer, Werotschka«, fuhr er fort, indem er den Doktor seiner Frau vorstellte, »ich sage ihm immer, daß er nicht das geringste Recht habe, bei sich im Krankenhaus zu hocken, er müsse seine freie Zeit der Gesellschaft widmen. Das ist doch wahr, Herzchen?«

»Setzen Sie sich hierher«, sagte Wera Jossifowna und ließ den Gast neben sich Platz nehmen. »Sie können mir den Hof machen. Mein Mann ist eifersüchtig wie Othello, aber wir werden uns bemühen, uns so zu benehmen, daß er nichts merkt.«

»Ach, du Küchlein, du Fratz...«, murmelte zärtlich Iwan Petrowitsch und küßte sie auf die Stirn. »Sie sind im rechten Augenblick zu uns gekommen«, wandte er sich wieder an den Gast. »Meine Frau hat einen mächtig großen Roman geschrieben und wird ihn heute vorlesen.«

»Jeanchen«, sagte Wera Jossifowna zu ihrem Mann, »dites que l'on nous donne du thé.«

Man stellte Starzew dann Jekaterina Jossifowna vor; sie war achtzehn Jahre alt, der Mutter sehr ähnlich, ebenso schlank und gutaussehend. Ihr Gesichtsausdruck war noch kindlich, sie hatte eine schmale, feine Gestalt, und die jungfräuliche, schon entwickelte, schöne, gesunde Brust sprach vom Frühling, von einem wirklichen Frühling. Dann trank man Tee mit Warenje, Honig, Konfitüren und sehr schmackhaften, auf der Zunge schmelzenden Biskuits. Als der Abend gekommen war, versammelten sich nach und nach die Gäste, und an jeden wandte sich Iwan Petrowitsch mit lachenden Augen und sagte: »Ich grüße Sie, bitte sehr.«

Später saßen alle mit sehr ernsten Gesichtern im Salon, und Wera Jossifowna las ihren Roman vor. Sie fing damit an: »Der Frost wurde stärker und stärker...« Die Fenster waren weit geöffnet, man konnte hören, wie in der Küche die Messer klopften, und der Geruch gerösteter Zwiebeln drang herein... In den weichen tiefen Sesseln war es behaglich, die Kerzen schimmerten freundlich im Halbdunkel des Salons; und jetzt, am Sommerabend, als von der Straße Stimmen und Lachen heraufkamen und Fliederduft von draußen hereinzog, war es schwer zu fassen, wie denn der Frost immer stärker und stärker werden und die untergehende Sonne mit ihren kalten Strahlen die schneebedeckte Ebene und den Wanderer beleuchten konnte, der einsam seines Weges ging; Wera Jossifowna las, wie die junge, schöne Gräfin in ihren Dörfern Schulen, Krankenhäuser, Büchereien einrichtete und wie sie den herumwandernden Künstler lieb gewann – sie las von Dingen, die es im Leben niemals gibt und die anzuhören dennoch angenehm und leicht war; so schöne und beruhigende Gedanken kamen einem in den Sinn, daß man gar nicht aufstehen wollte.

»Nicht dümmlich...«, murmelte leise Iwan Petrowitsch.

Und ein Gast, der zuhörte und dessen Gedanken irgendwo sehr, sehr weit herumschweiften, sagte kaum hörbar: »Ja... wirklich...«

Es verging eine Stunde, eine zweite. Im benachbarten

Stadtpark spielte das Orchester, und ein Sängerchor sang. Als Wera Jossifowna ihr Heft zuklappte, schwieg man einige Minuten und lauschte auf das »Lied vom Kienspan«, das der Chor sang, und dies Lied gab das wieder, was im Roman nicht stand, was es aber im Leben zu geben pflegt.
»Lassen Sie Ihre Erzählungen in Zeitschriften erscheinen?« fragte Starzew Wera Jossifowna.
»Nein«, antwortete sie, »ich veröffentliche sie niemals. Ich schreibe sie nieder und verwahre sie im Schrank. Warum soll ich sie drucken lassen?« fuhr sie fort. »Wir haben ja Mittel genug zum Leben.«
Und alle seufzten aus irgendeinem Grunde auf.
»Nun, Katerchen, spiel du uns etwas vor«, sagte Iwan Petrowitsch zu seiner Tochter.
Man hob den Klavierdeckel hoch und schlug die Noten auf, die schon bereitlagen. Jekaterina Iwanowna setzte sich und schlug mit beiden Händen auf die Tasten ein; und sie schlug wieder mit voller Kraft auf sie und immer wieder und wieder; ihre Schultern und ihre Brust bebten, sie hämmerte hartnäckig immer an ein und derselben Stelle darauf los, und es schien, sie wolle nicht aufhören, ehe sie die Tasten ins Klavier hineingeschlagen habe. Der Salon hallte von dem Donner wider, alles erdröhnte: der Fußboden, die Decke, die Möbel... Jekaterina Iwanowna spielte eine schwierige Passage, interessant gerade durch ihre Schwierigkeit, lang und einförmig, und Starzew malte sich beim Zuhören aus, wie von einem hohen Berge Steine herabsausen und immerzu herabsausen, und er wünschte, daß sie so rasch wie möglich herabzusausen aufhörten – und gleichzeitig

gefiel ihm Jekaterina Iwanowna sehr, die rot vor Anstrengung war, kräftig, energisch und mit Locken, die auf ihre Stirn fielen. Nach dem in Djalish unter Kranken und Bauern zugebrachten Winter hier im Salon zu sitzen, dies junge, schöne und wahrscheinlich ganz reine Wesen anzuschauen, diese lauten, aufdringlichen und doch kultivierten Töne anzuhören, war so angenehm, so neu...

»Nun, Katerchen, heute hast du wie noch nie gespielt«, sagte Iwan Petrowitsch mit Tränen in den Augen, als seine Tochter aufgehört hatte und aufgestanden war.

»Stirb nun, Denis, etwas Besseres wirst du nicht schreiben.«

Alle umringten sie, beglückwünschten, bewunderten sie, versicherten, sie hätten schon lange keine solche Musik gehört – sie aber hörte schweigend, kaum lächelnd zu, und ihre ganze Gestalt drückte Triumph aus.

»Wunderschön! Ausgezeichnet!«

»Wunderschön!« sagte auch Starzew, von der allgemeinen Begeisterung mitgerissen. »Wo haben Sie Musik studiert?« fragte er Jekaterina Iwanowna. »Auf dem Konservatorium?«

»Nein, ich bereite mich jetzt erst aufs Konservatorium vor, bisher habe ich hier bei Madame Sawlowskaja gelernt.«

»Sie sind auf das hiesige Gymnasium gegangen?«

»O nein!« antwortete Wera Jossifowna für sie. »Wir ließen die Lehrer ins Haus kommen; im Gymnasium oder im Institut, das werden Sie zugeben, hätten schlechte

Einflüsse sich geltend machen können; solange ein Mädchen heranwächst, muß es ausschließlich unter dem Einfluß der Mutter stehen.«

»Dennoch werde ich das Konservatorium besuchen«, sagte Jekaterina Iwanowna.

»Nein, Katerchen liebt seine Mama. Katerchen wird Papa und Mama nicht betrüben.«

»Nein, ich will es besuchen, ich will es besuchen!« sagte Jekaterina Iwanowna scherzend und eigensinnig und mit dem Füßchen aufstampfend.

Und während des Abendessens zeigte Iwan Petrowitsch seine Talente. Nur mit den Augen lachend, erzählte er Anekdoten, machte Witze, stellte komische Aufgaben, die er selbst löste, und sprach die ganze Zeit über seine ungewöhnliche Sprache, die durch lange Übung im Witzemachen ausgearbeitet und augenscheinlich bei ihm längst zur Routine geworden war: mächtig groß, dümmlich... Aber das war noch nicht alles. Als sich die Gäste, satt und zufrieden, im Vorzimmer drängten und ihre Mäntel und Stöcke suchten, half ihnen der Diener Pawluscha oder, wie man ihn hier nannte, Pawa, ein vierzehnjähriger Junge mit kurzgeschorenem Kopf und Pausbacken.

»Nun, Pawa, produziere dich!« sagte Iwan Petrowitsch zu ihm.

Pawa nahm eine besondere Pose ein, hob einen Arm in die Höhe und sprach in tragischem Ton: »So stirb denn, Unglückliche!«

Alle begannen zu lachen.

»Interessant«, dachte Starzew, als er auf die Straße trat.

Er ging noch in ein Restaurant, trank Bier und kehrte dann zu Fuß nach Djalish nach Hause zurück. Im Gehen sang er vor sich hin: »Wie lieb und schmachtend deine Stimme klingt...«
Als er die neun Werst Weg hinter sich hatte und sich dann schlafen legte, spürte er nicht die geringste Ermüdung, im Gegenteil, ihm schien es, daß er mit Vergnügen noch zwanzig Werst wandern könnte.
»Nicht dümmlich...« fiel ihm beim Einschlafen ein, und er mußte lachen.

II

Starzew hatte immer vor, die Turkins zu besuchen, aber im Krankenhaus gab es so viel zu tun, daß es nicht möglich war, eine freie Stunde zu erhaschen. So verging mehr als ein Jahr in Arbeit und Einsamkeit; doch da erhielt er aus der Stadt einen Brief im blauen Umschlag...
Wera Jossifowna litt schon lange an Migräne, aber in der letzten Zeit, da Katerchen sie täglich mit der Abreise zum Konservatorium schreckte, wiederholten sich die Anfälle immer häufiger und häufiger. Die Turkins hatten nach und nach alle Ärzte der Stadt herangezogen, endlich kam die Reihe auch an den Kreisarzt. Wera Jossifowna schrieb ihm einen rührenden Brief, in dem sie bat, zu ihr zu kommen und ihre Leiden zu erleichtern. Starzew kam, und von nun an war er oft, sehr oft bei Turkins zu Gast... In der Tat konnte er Wera Jossifowna ein wenig helfen, und sie sprach es bereits allen Gästen gegenüber aus, daß Starzew ein ungewöhnlicher, bewunderungswürdiger Arzt sei. Aber er

kam zu den Turkins schon nicht mehr der Migräne wegen...

Es ist Feiertag. Jekaterina Iwanowna hat ihre langen und ermüdenden Exerzitien auf dem Klavier beendet. Danach saß man lange Zeit im Eßzimmer zusammen und trank Tee, wobei Iwan Petrowitsch irgend etwas Lustiges erzählte. Doch da ertönte die Glocke; man mußte ins Vorzimmer gehen, einen Gast zu begrüßen – diesen Augenblick benutzte Starzew, um flüsternd und sehr erregt Jekaterina Iwanowna zu sagen: »Um Gottes willen, ich flehe Sie an, quälen Sie mich nicht, gehen wir in den Garten!«

Sie zuckte die Achseln, so als ob sie unschlüssig sei und nicht begreife, was er von ihr haben wolle, stand aber auf und ging.

»Sie spielen drei, vier Stunden Klavier«, sagte er ihr folgend, »dann sitzen Sie mit Ihrer Mama zusammen, und ich habe keine Möglichkeit, mit Ihnen zu sprechen. Ich bitte Sie dringend, gönnen Sie mir wenigstens eine Viertelstunde.«

Der Herbst nahte heran, und im alten Garten war es still und melancholisch, in den Alleen lag dunkles Laub. Schon früh dämmerte es.

»Ich habe Sie eine ganze Woche nicht gesehen«, fuhr Starzew fort, »wenn Sie wüßten, wie ich darunter leide! Setzen wir uns hin. Hören Sie mich an.«

Sie hatten im Garten einen Lieblingsplatz: eine Bank unter einem alten breitästigen Ahornbaum. Auch jetzt nahmen sie auf der Bank Platz.

»Was wünschen Sie?« fragte Jekaterina Iwanowna trokken, in geschäftsmäßigem Ton.

»Ich habe Sie die ganze Woche nicht gesehen, und Ihre Stimme so lange nicht gehört. Ich möchte leidenschaftlich gern Ihre Stimme hören. Sprechen Sie doch!«

Sie entzückte ihn durch die Frische ihres Gesichts und den naiven Ausdruck ihrer Augen. Sogar im Sitz ihres Kleides sah er etwas ungewöhnlich Liebes, durch seine Schlichtheit und naive Grazie Rührendes. Und gleichzeitig, ungeachtet dieser Naivität, schien sie ihm sehr klug und über ihre Jahre hinaus entwickelt zu sein. Mit ihr konnte er über Literatur, Kunst, über alles mögliche sprechen, er konnte sich bei ihr über das Leben, die Menschen beklagen, obwohl es geschehen konnte, daß sie mitten in einem ernsten Gespräch auf einmal im unpassenden Augenblick zu lachen begann oder ins Haus lief. Wie fast alle jungen Mädchen in Ss. las sie viel (im allgemeinen freilich las man in Ss. sehr wenig, und in der dortigen Bibliothek pflegte man zu sagen, daß man die Bücherei schließen könne, wenn nicht die jungen Mädchen und die jungen Juden da wären); das gefiel Starzew sehr; aufgeregt erkundigte er sich jedesmal bei ihr, was sie in den letzten Tagen gelesen habe, und hörte bezaubert zu, wenn sie zu erzählen begann.

»Was haben Sie in dieser Woche gelesen, seit wir uns nicht sahen?« fragte er jetzt. »Erzählen Sie, bitte.«

»Ich las Pissemskij.«

»Und was denn?«

»Tausend Seelen«, antwortete das Katerchen. »Was für einen komischen Namen Pissemskij hatte: Aleksej Feofilaktytsch!«

»Wohin wollen Sie denn?« rief Starzew entsetzt aus, als

sie auf einmal aufstand und zum Hause ging. »Ich muß unbedingt mit Ihnen reden, ich muß mich aussprechen... Bleiben Sie wenigstens fünf Minuten! Ich beschwöre Sie!« Sie hielt im Gehen inne, als ob sie etwas sagen wollte, dann schob sie ihm ungeschickt ein Briefchen in die Hand, lief ins Haus und setzte sich dort wieder ans Klavier.

»Seien Sie heute um elf Uhr abends«, las Starzew, »auf dem Friedhof beim Grabdenkmal Demetti.«

»Nun, das ist durchaus nicht vernünftig«, dachte er, nachdem er sich von seinem Staunen erholt hatte. »Warum auf dem Friedhof? Warum nur?«

Es war klar, Katerchen trieb Narrenpossen. Wem kann es denn ernsthaft in den Sinn kommen, ein Wiedersehen nachts, weit von der Stadt entfernt, auf dem Friedhof zu verabreden, wenn man es leicht auf der Straße oder im Stadtpark haben kann? Und schickt es sich für ihn, den Kreisarzt, einen klugen, soliden Mann, Seufzer auszustoßen, Briefchen zu bekommen, sich auf Friedhöfen herumzutreiben und Dummheiten zu machen, über die jetzt sogar die Gymnasiasten lachen? Was wird aus dieser Liebesgeschichte? Was werden seine Kollegen sagen, wenn sie es erfahren? So dachte Starzew, im Klub um die Tische herumwandernd – aber um halb elf entschloß er sich plötzlich und fuhr zum Friedhof hinaus.

Er besaß bereits ein eigenes Paar Pferde, und sein Kutscher Panteleimon trug eine Samtweste. Der Mond schien. Es war still, warm, aber herbstlich warm. In der Vorstadt beim Schlachthof heulten die Hunde. Starzew ließ die Pferde am Stadtrand in einer Seitengasse halten und ging zu Fuß allein auf den Friedhof.

»Jeder hat seine besonderen Eigenheiten«, dachte er. »Katerchen ist auch eigenartig und – wer weiß? – vielleicht hat sie nicht gescherzt und kommt wirklich.« – Und er ergab sich dieser schwachen, eitlen Hoffnung, die ihn berauschte.

Eine halbe Werst etwa ging er durch Feld. Der Friedhof zeichnete sich in der Ferne als dunkler Streifen wie ein Wald oder großer Garten ab. Dann zeigte sich die Umzäunung aus weißem Stein, das Tor... Beim Mondlicht konnte man auf dem Tore lesen: Es kommt die Stunde, in der... Starzew ging durch das Pförtchen, und das erste, was er erblickte, waren weiße Kreuze und Denkmäler zu beiden Seiten einer breiten Allee und schwarze Schatten, die sie und die Pappeln warfen; ringsherum sah man weithin Weißes und Schwarzes – die schlafenden Bäume neigten ihre Zweige über das Weiße. Hier schien es lichter als im Felde zu sein; die tatzenähnlichen Ahornblätter hoben sich scharf vom gelben Sand der Allee und von den Grabsteinen ab, und die Inschriften auf den Denkmälern konnte man lesen. Anfangs setzte Starzew das in Erstaunen, was er jetzt zum erstenmal in seinem Leben sah und was ihm wahrscheinlich nie mehr zu sehen beschieden sein würde: eine Welt, die mit keiner anderen zu vergleichen war – eine Welt, wo das Mondlicht so schön und weich war, als hätte es hier seine Wiege, wo es wohl kein Leben gibt, keineswegs – wo man aber in jeder dunklen Pappel, in jedem Grabe ein Geheimnis fühlt, das ein stilles, schönes, ewiges Leben verheißt. Aus den Grabsteinen und den verwelkten Blumen wie aus dem Herbstgeruch der Blätter weht Vergebung, Trauer und Frieden.

Ringsum tiefes Schweigen; feierlich blickten die Sterne vom Himmel herab, und Starzews Schritte hallten scharf und störend. Und erst, als in der Kirche die Uhr zu schlagen begann und er sich selbst als Toten auf ewig hier begraben vorstellte, schien es ihm, daß jemand ihn anblicke, und er dachte einen Augenblick, daß das nicht Friede und Stille sei, sondern die dumpfe Trauer des Nichtseins, die unterdrückte Verzweiflung...

Das Grabdenkmal Demetti hatte die Gestalt einer mit einem Engel gekrönten Kapelle; einst hatte in Ss. auf der Durchreise eine italienische Operngesellschaft haltgemacht und eine der Sängerinnen war hier gestorben; man hatte sie beerdigt und ihr dies Denkmal gesetzt. In der Stadt erinnerte sich ihrer niemand mehr, aber das Lämpchen über dem Eingang spiegelte das Mondlicht wider und schien zu brennen.

Niemand war da. Und wer sollte auch um Mitternacht hierher kommen? Aber Starzew wartete, und ganz so, als wenn das Mondlicht in ihm die Leidenschaft erhitzte, wartete er sehnsuchtsvoll und träumte von Küssen, Umarmungen. Etwa eine halbe Stunde saß er am Denkmal, dann ging er durch die Seitenalleen, den Hut in der Hand; wartete und dachte daran, wie viele Frauen und Mädchen hier in diesen Gräbern ruhten, die einst schön und bezaubernd waren, die liebten, die in den Nächten von Leidenschaft glühten und sich den Liebkosungen hingaben. Wie im Grunde die mütterliche Natur nicht freundlich mit dem Menschen umgehe, wie kränkend es sei, sich dessen bewußt zu werden! So dachte Starzew, und gleichzeitig hätte er aufschreien mögen, daß er Liebe wolle, daß er Liebe um jeden Preis

erwarte; vor ihm schimmerten schon nicht mehr Marmordenkmäler, sondern wunderschöne Leiber, er sah Gestalten, die sich verschämt im Schatten der Bäume versteckten, er empfand die Wärme, und die Sehnsucht wurde schwer...

Und als wäre ein Vorhang niedergefallen, so verschwand plötzlich der Mond hinter den Wolken, und mit einem Male war alles ringsum dunkel geworden. Starzew fand mit Mühe das Tor – es war dunkel wie in herbstlicher Nacht –, dann wanderte er etwa eine halbe Stunde umher und suchte die Gasse, wo er seine Pferde hatte warten lassen.

»Ich bin müde und kann kaum noch auf den Beinen stehen«, sagte er zu Panteleimon.

Und er dachte, als er sich voller Genuß in seinen Wagen setzte: »Ach, ich sollte aber nicht dicker werden!«

III

Am Abend des folgenden Tages fuhr er zu den Turkins, um seinen Antrag zu machen. Aber es erwies sich als unmöglich, weil der Friseur Jekaterina Iwanowna frisierte. Sie wollte in den Klub zu einem Tanzabend.

Er mußte wiederum lange im Eßzimmer sitzen und Tee trinken. Iwan Petrowitsch nahm, als er sah, daß sein Gast nachdenklich und gelangweilt dreinschaute, ein Zettelchen aus der Westentasche und las den komischen Brief eines deutschen Verwalters vor, der sich darüber beklagte, daß auf dem Gut alle Türverschlüsse verdorben wären und die Schüchternheit abhanden gekommen sei.

»Sie werden wahrscheinlich eine tüchtige Mitgift geben«, dachte Starzew, der zerstreut zuhörte.
Nach der schlaflosen Nacht befand er sich in einem Zustand der Betäubung, wie wenn man ihn mit etwas Süßem und Einschläferndem trunken gemacht hätte; seine Seele war nebelverhangen, aber warm und freudig, und gleichzeitig warnte in seinem Kopf ein kühler, schwerer Rest Vernunft: »Halt ein, solange es nicht zu spät ist! Paßt sie denn zu dir? Sie ist verzogen, launisch, schläft bis zwei Uhr nachmittags, du aber bist ein Küsterssohn, Kreisarzt ...«
»Nun, was denn?« dachte er. »Mag sie doch.«
»Außerdem werden dich, wenn du sie heiratest«, fuhr die Vernunft fort, ihre Verwandten zwingen, deine Kreisarztstelle aufzugeben und in der Stadt zu leben.«
»Nun, was denn?« dachte er. – »Wenn in der Stadt, so in der Stadt. – Sie werden eine reichliche Mitgift geben, und wir können eine schöne Einrichtung anschaffen ...«
Endlich kam Jekaterina Iwanowna in Ballkleid und Dekolleté, hübsch, sauber, herein – Starzew konnte sich an ihr nicht satt sehen und geriet in solches Entzücken, daß er kein Wort sprechen konnte, sondern sie immer nur ansah und lachte.
Sie begann sich zu verabschieden, und auch er erhob sich – er hatte keinen Grund mehr, dazubleiben – und sagte, daß es für ihn Zeit sei, nach Hause zu gehen, da die Kranken ihn erwarteten.
»Nichts zu machen«, sagte Iwan Petrowitsch, »so fahren Sie nur und bringen bei der Gelegenheit Katerchen in den Klub.«

Draußen fiel ein feiner Regen, es war sehr dunkel und nur nach dem heiseren Husten Panteleimons konnte man erraten, wo sich die Pferde befanden. Man mußte das Wagenverdeck in die Höhe schlagen.
Sie fuhren los.
»Ich war gestern auf dem Friedhof«, begann Starzew.
»Wie wenig schön und unbarmherzig von Ihnen...«
»Sie waren auf dem Friedhof?«
»Ja, ich war dort und wartete fast bis zwei Uhr auf Sie. Ich litt...«
»Wenn Sie keinen Scherz verstehen, so leiden Sie nur!«
Jekaterina Iwanowna, zufrieden damit, daß sie den Verliebten so zum Narren gehalten habe und daß er sie so heiß liebe, begann zu lachen – aber plötzlich schrie sie angstvoll auf, weil in eben diesem Augenblick die Pferde scharf in das Hoftor zum Klub einbogen, und der Wagen sich auf die Seite legte. Starzew umarmte Jekaterina Iwanowna; erschrocken drängte sie sich an ihn, und er konnte sich nicht beherrschen und küßte leidenschaftlich ihre Lippen und ihr Kinn und umarmte sie noch heftiger.
»Nun genug!« sagte sie trocken.
Und nach einem Augenblick war sie schon nicht mehr im Wagen, und der Schutzmann, der an der erleuchteten Klubauffahrt stand, schrie Panteleimon unfreundlich zu: »Was hältst du denn hier, du Krähe? Fahr weiter!«
Starzew fuhr nach Hause, kehrte aber bald zurück. In einen fremden Frack gekleidet und eine weiße, steife Krawatte um, die sich immerzu spreizte und vom Kra-

gen herunterrutschen wollte, saß er um Mitternacht im Salon des Klubs und sprach in leidenschaftlicher Erregung zu Jekaterina Iwanowna: »Oh, wie wenig wissen die, die nie geliebt haben! Mir scheint, noch niemand hat die Liebe wahrhaft beschrieben, und schwerlich kann man dies zarte, freudige, quälende Gefühl beschreiben; wer es wenigstens einmal erlebt hat, der wird es nicht in Worte wiedergeben wollen. Wozu dienen Worte, Beschreibungen? Wozu überflüssige Schönrednerei? Meine Liebe ist grenzenlos ... Ich bitte, ich flehe Sie an«, sagte schließlich Starzew, »werden Sie meine Frau!«

»Dmitritsch Jonytsch«, sagte Jekaterina Iwanowna mit sehr ernstem Ausdruck, nachdem sie nachgedacht hatte. »Dmitrij Jonytsch, ich bin Ihnen sehr dankbar für die Ehre, ich schätze Sie hoch, aber ...«, sie stand auf und fuhr fort, »aber verzeihen Sie, ich kann Ihre Frau nicht werden. Wir wollen ernsthaft sprechen. Dmitrij Jonytsch, Sie wissen, am allermeisten im Leben liebe ich die Kunst, ich liebe die Musik über alles, ich vergöttere sie und habe ihr mein ganzes Leben geweiht. Ich will Künstlerin werden, ich verlange nach Ruhm, Erfolgen, Freiheit; Sie aber wollen, daß ich in dieser Stadt weiterleben und dies unnütze, leere Dasein fortführen soll, das mir unerträglich geworden ist. Ehefrau werden – o nein, verzeihen Sie! Der Mensch muß einem höheren und glänzenderen Ziele nachstreben, aber das Familienleben würde mich für immer binden. Dmitrij Jonytsch (sie mußte beinahe lächeln, weil sie, als sie ›Dmitrij Jonytsch‹ aussprach, an ›Aleksej Feofilaktytsch‹ denken mußte), Dmitrij Jonytsch, Sie sind ein guter, edler, kluger Mensch, Sie sind besser als andere...«, Tränen traten ihr in die Augen, »Sie haben meine ganze Sympathie, aber..., aber Sie werden mich verstehen...«

Und um nicht in Tränen auszubrechen, wandte sie sich ab und verließ den Salon.

Starzews Herz hörte auf, unruhig zu schlagen. Als er aus dem Klub auf die Straße trat, riß er sich vor allem die steife Krawatte ab und atmete mit voller Brust. Er schämte sich ein wenig, und seine Eigenliebe war verletzt – eine Absage hatte er nicht erwartet –, und er konnte nicht glauben, daß alle seine Träume, Sehnsüchte und Hoffnungen ein so albernes Ende haben sollten, genau wie in der Posse einer Liebhaberbühne. Und es tat ihm leid um sein Gefühl, um diese seine Liebe, so leid, daß er am liebsten losgeweint oder aus voller Kraft mit dem Schirm Panteleimon auf seinen breiten Rücken geschlagen hätte.

Etwa drei Tage ging bei ihm alles drunter und drüber, er aß nicht, schlief nicht; als er aber hörte, daß Jekaterina Iwanowna nach Moskau abgereist sei, um das Konservatorium zu besuchen, beruhigte er sich und begann, wie früher zu leben.

Wenn er sich später hin und wieder daran erinnerte, wie er auf dem Friedhof herumwanderte oder wie er in der Stadt herumfuhr und nach einem Frack suchte, reckte er sich träge und sagte: »Wieviel Scherereien machte das doch!«

IV

Vier Jahre waren vergangen. Starzew hatte in der Stadt bereits eine große Praxis. Jeden Morgen empfing er eilig bei sich in Djalish die Kranken, dann fuhr er zu den Kranken in der Stadt – nun fuhr er bereits mit eigenen Pferden, nicht mit einem Paar Pferde, sondern in einer Troika mit Schellengeläute, und spät abends kehrte er nach Hause zurück. Er war voll und stark geworden und ging sehr ungern zu Fuß, weil er an Asthma litt. Auch Panteleimon war dick geworden, und je mehr er in die Breite wuchs, um so mehr seufzte und beklagte er sich über sein bitteres Los: das viele Fahren war ihm zuwider.

Starzew verkehrte in verschiedenen Häusern und kam mit vielen Menschen zusammen; niemandem aber stand er nahe. Die Bürger reizten ihn durch ihre Gespräche, ihre Lebensanschauungen und sogar durch ihren Anblick. Die Erfahrung lehrte ihn nach und nach, daß der Bürger, solange man mit ihm Karten spielt oder mit ihm Sakuska ißt, ein friedlicher, seelenguter und nicht einmal dummer Kerl ist – aber man braucht nur mit ihm über etwas Unmaterielles, zum Beispiel über Politik oder Wissenschaft, ein Gespräch anzuknüpfen, so weiß er nicht ein noch aus oder entwickelt eine so dumme und bösartige Weltanschauung, daß nichts anderes übrigbleibt, als nur resigniert den Kopf zu schütteln und wegzugehen. Selbst wenn Starzew versuchte, sich mit einem liberalen Bürger zu unterhalten, beispielsweise darüber, daß die Menschheit gottlob vorwärts schreite und sie mit der Zeit ohne Pässe und Todesstrafe auskommen werde, blickte der Bürger ihn scheel und mißtrauisch an und fragte: »Dann kann also jeder jeden Beliebigen auf der Straße umbringen?« Oder wenn Starzew in Gesellschaft, beim Abendessen oder Tee darüber sprach, daß man sich abmühen müsse, daß man ohne Arbeit nicht leben dürfe, so faßte das jeder als persönlichen Vorwurf auf und begann sich zu ärgern oder hartnäckig zu streiten. Bei all dem taten die Bürger nichts, absolut nichts, interessierten sich auch für nichts, und es war nicht möglich, etwas auszudenken, worüber man mit ihnen hätte sprechen können. Und so vermied denn Starzew alle Unterhaltungen, aß nur Sakuska und spielte Karten mit ihnen, und wenn es geschah, daß er in einem Hause zu einem Familienfest kam und man ihn zum Essen einlud, so setzte er sich hin und aß schweigend, auf den Teller blickend; und alles, was währenddessen gesprochen wurde, war uninteressant, ungerecht, dumm, er wurde dadurch gereizt und aufgeregt, aber er schwieg, und deswegen, weil er immer finster schwieg und auf den Teller blickte, nannte man ihn in der Stadt einen »aufgeblasenen Polack«, obwohl er gar kein Pole war.

Solchen Zerstreuungen wie Theater und Konzert ging er aus dem Wege, aber dafür spielte er allabendlich etwa drei Stunden mit Genuß Karten. Er hatte noch eine Zerstreuung, in die er unvermerkt nach und nach hineingeraten war, nämlich an den Abenden aus seinen Taschen die durch seine Praxis erworbenen Banknoten herauszunehmen. Mit solchen gelben und grünen Banknoten, die nach Parfüm oder Essig oder Weihrauch oder Tran rochen, waren zuweilen alle seine Taschen bis zu einem Betrage von siebzig Rubel vollgestopft; und wenn sich einige hundert Rubel angesammelt hatten, so brachte er sie in die »Gesellschaft für gegenseitigen Kredit« und zahlte sie auf sein Konto ein.

In den vier Jahren nach der Abreise von Jekaterina Iwanowna war er nur zweimal bei den Turkins gewesen, auf Einladung von Wera Jossifowna, die sich immer noch wegen ihrer Migräne behandeln ließ. In jedem Sommer kam Jekaterina Iwanowna ihre Eltern besuchen, aber er sah sie kein einziges Mal; irgendwie kam es nicht dazu.

Aber nun waren vier Jahre verflossen. An einem stillen warmen Sommermorgen brachte man ihm einen Brief ins Krankenhaus. Wera Jossifowna schrieb an Dmitrij Jonytsch, sie wünschte ihn zu sehen, und sie bat ihn, doch unbedingt sie aufzusuchen und ihre Leiden zu lindern, auch sei gerade heute ihr Geburtstag. Unten befand sich eine Nachschrift: »Mamas Bitte schließe ich mich an. K.«

Starzew überlegte es sich und fuhr abends zu den Turkins. »Ah, ich grüße Sie, bitte sehr!« begrüßte ihn Iwan Petrowitsch, nur mit den Augen lachend. »Bon jourchen.«

Wera Jossifowna, schon stark gealtert, mit weißen Haaren, drückte Starzew die Hand, seufzte affektiert und sagte: »Doktor, Sie wollen mir nicht den Hof machen, niemals besuchen Sie uns, ich bin schon zu alt für Sie. Aber da ist nun die Junge gekommen, vielleicht wird sie glücklicher sein.«

Und Katerchen? Sie war magerer und blasser, aber schöner und schlanker geworden; doch war das bereits eine Jekaterina Iwanowna und kein Katerchen mehr; von der früheren Frische und dem Ausdruck kindlicher Naivität war nichts mehr vorhanden. In ihren Blick und in ihre Manieren war etwas Neues gekommen – etwas Unsicheres und Schuldbewußtes, so als ob sie sich hier im Turkinschen Hause nicht mehr zu Hause fühle.

»Wie viele Sommer, wie viele Winter!« sagte sie, Starzew die Hand reichend, und man konnte bemerken, daß ihr Herz aufgeregt schlug; und aufmerksam, neugierig ihm ins Gesicht schauend, fuhr sie fort: »Wie stark Sie geworden sind! Sie sind verbrannt und männlich geworden, aber im ganzen haben Sie sich wenig verändert.«

Auch jetzt gefiel sie ihm, sehr gefiel sie ihm, aber irgend etwas fehlte schon in ihr oder irgend etwas war zuviel – er selbst hätte nicht sagen können, was es eigentlich war, aber irgend etwas hinderte ihn, so zu fühlen wie früher. Ihm gefiel ihre Blässe nicht, der neue Ausdruck in ihrem Gesicht, das schwache Lächeln, die Stimme, und nach einem Weilchen mißfiel ihm schon ihr Kleid, der Stuhl, in dem sie saß, irgend etwas gefiel ihm nicht an der Vergangenheit, da er sie beinahe geheiratet hätte. Er dachte an seine Liebe zu ihr, an die Träume und Hoffnungen, die ihn vor vier Jahren erregt hatten – und ihm wurde unbehaglich zumute.

Man trank Tee mit einem süßen Pirog. Dann las Wera Jossifowna einen Roman vor, las von dem, was niemals im Leben zu geschehen pflegt, und Starzew hörte zu, blickte ihren schönen grauen Kopf an und wartete, daß sie zu Ende käme.

»Talentlos«, dachte er, »ist nicht der, der Romane nicht zu schreiben versteht, sondern der, der sie schreibt und das nicht verbergen kann.«
»Nicht dümmlich«, sagte Iwan Petrowitsch.

Später spielte Jekaterina Iwanowna Klavier, geräuschvoll und lange, und als sie geendet hatte, dankte man ihr nachdrücklich und war entzückt von ihr.
»Wie gut, daß ich sie nicht geheiratet habe«, dachte Starzew.
Sie sah ihn an und erwartete anscheinend, daß er ihr

vorschlagen würde, in den Garten zu gehen, aber er schwieg.
»Lassen Sie uns ein wenig plaudern«, sagte sie, an ihn herantretend. »Wie leben Sie? Wie steht's bei Ihnen? Alle diese Tage habe ich an Sie gedacht«, fuhr sie nervös fort, »ich wollte Ihnen einen Brief schreiben, wollte selbst zu Ihnen nach Djalish kommen, ich hatte mich schon dazu entschlossen, doch dann überlegte ich es mir anders – Gott weiß, wie Sie jetzt zu mir stehen. Ich habe heute so aufgeregt auf Sie gewartet. Um Gottes willen, gehen wir in den Garten.«
Sie gingen in den Garten und setzten sich auf die Bank unter den alten Ahornbaum, so wie vor vier Jahren. Es war dunkel.
»Wie geht es Ihnen denn?« fragte Jekaterina Iwanowna.
»So einigermaßen, man lebt so dahin«, antwortete Starzew.
Und das war alles. Sie schwiegen.
»Ich bin erregt«, sagte Jekaterina Iwanowna und bedeckte das Gesicht mit den Händen, »aber beachten Sie das nicht. Mir ist so wohl zu Hause, ich bin so froh, alle zu sehen, und kann mich doch nicht gewöhnen. Wieviel Erinnerungen! Mir schien es, wir beide würden unaufhörlich bis zum Morgen miteinander plaudern.«
Jetzt sah er aus der Nähe ihr Gesicht, ihre glänzenden Augen, und hier, in der Dunkelheit, schien sie jünger als im Zimmer, und es kehrte anscheinend sogar ihr früherer kindlicher Ausdruck zurück. Und tatsächlich sah sie ihn mit naiver Neugierde an, als wollte sie möglichst nahe den Mann betrachten und verstehen, der sie

einst so feurig, so zärtlich und so unglücklich geliebt hatte; ihre Augen sagten ihm für diese Liebe Dank. Und er dachte an alles, was geschehen war, an die geringsten Kleinigkeiten, wie er auf dem Friedhof umhergewandert, wie er dann gegen Morgen ermüdet nach Hause zurückgekehrt war, und es ward ihm traurig ums Herz, und das Vergangene tat ihm leid. In seinem Herzen begann ein Flämmchen zu brennen.

»Erinnern Sie sich, wie ich Sie am Abend in den Klub begleitete?« sagte er. »Damals regnete es, es war dunkel...«

Das Flämmchen loderte stärker in seinem Herzen auf, und er war schon bereit, zu sprechen und sich über das Leben zu beklagen...

»Ach! sagte er seufzend. »Sie fragen, wie ich lebe. Wie leben wir denn hier? Es ist überhaupt kein Leben. Wir werden älter, werden dick, wir kommen herunter. Tage und Nächte, Wochen vergehen, das Leben geht düster dahin, eindruckslos, gedankenlos... Am Tage der Gelderwerb und abends der Klub, die Gesellschaft der Kartenspieler, Alkoholiker, der alten Krächzer, die ich nicht ausstehen kann. Was ist daran Gutes?«

»Aber Sie haben doch Ihre Arbeit, haben im Leben ein edles Ziel. Sie liebten es so, von Ihrem Krankenhaus zu sprechen. Ich war damals so eigensinnig, hielt mich für eine große Pianistin. Heutzutage spielen alle jungen Mädchen Klavier, und ich spielte wie alle, und an mir war nichts Besonderes; ich bin eine ebensolche Pianistin wie Mama Schriftstellerin ist. Und natürlich, damals verstand ich Sie nicht, aber später, in Moskau, dachte ich oft an Sie. Ich dachte nur an Sie. Was ist das für ein

Glück, Kreisarzt zu sein, den Leidenden zu helfen, dem Volke zu dienen. Was für ein Glück!« wiederholte Jekaterina Iwanowna hingerissen. »Wenn ich in Moskau an Sie dachte, erschienen Sie mir so ideal, so erhaben...«
Starzew dachte an die Banknoten, die er mit solchem Vergnügen abends aus seinen Taschen herausholte – und das Flämmchen in seinem Herzen erlosch.
Er erhob sich, um nach Hause zu gehen. Sie faßte ihn unter.
»Sie sind der beste Mensch, den ich in meinem Leben kannte«, fuhr sie fort. »Wir werden uns sehen, uns unterhalten, nicht wahr? Versprechen Sie es mir. Ich bin keine Pianistin, über mich gebe ich mich keiner Täuschung mehr hin, und ich werde in Ihrer Gegenwart weder spielen noch von Musik sprechen.«
Als sie das Haus betraten und Starzew bei der abendlichen Beleuchtung ihr Gesicht sah und die traurigen, dankbaren, forschenden, auf ihn gerichteten Augen, fühlte er eine Unruhe in sich und dachte wiederum: »Gut, daß ich damals nicht geheiratet habe.«
Er stand auf, sich zu verabschieden.
»Sie haben gar kein Recht, ohne Abendessen fortzufahren«, sagte Iwan Petrowitsch, der ihn begleitete. »Das ist von Ihrer Seite ganz perpendikulär. Und nun produziere dich!« sagte er im Vorzimmer, sich an Pawa wendend.
Pawa, der kein Junge mehr war, sondern ein junger Mann mit einem Schnurrbart, nahm seine Pose ein, hob den Arm in die Höhe und sagte mit tragischer Stimme: »So stirb denn, Unglückliche!«

All das reizte Starzew. Als er in den Wagen stieg und das dunkle Haus und den Garten erblickte, die ihm einstmals so lieb und teuer gewesen waren, erinnerte er sich auf einmal an alles – an die Romane von Wera Jossifowna, an das geräuschvolle Spiel von Katerchen, an die Witzchen von Iwan Petrowitsch und an Pawas tragische Pose –, und er dachte, wenn die am meisten talentierten Leute in der ganzen Stadt so talentlos seien, wie müsse dann die Stadt erst sein...

Nach drei Tagen brachte Pawa von Jekaterina Iwanowna einen Brief.

»Sie kommen nicht zu uns. Warum nicht?« schrieb sie. »Ich fürchte, daß Sie uns untreu geworden sind; ich fürchte das, und schon der Gedanke daran ist mir schrecklich. Beruhigen Sie mich, kommen Sie her und sagen Sie, daß alles gut ist.

Ich muß unbedingt mit Ihnen sprechen. Ihre Jekaterina Iwanowna.«

Er las den Brief durch, dachte nach und sagte zu Pawa: »Bestelle, mein Lieber, daß ich heute nicht kommen kann, ich bin sehr beschäftigt. Sag, ich werde in zwei, drei Tagen kommen.«

Aber drei Tage vergingen, es verging eine Woche, und er fuhr immer nicht hin. Dann, als er einmal am Turkinschen Haus vorüberfuhr, dachte er daran, daß er wenigstens einen Augenblick heranfahren müsse, aber er überlegte und... fuhr nicht hin.

Und niemals mehr war er bei den Turkins.

V

Noch einige Jahre sind vergangen. Starzew ist noch stärker und fetter geworden – er atmet schwer und geht bereits mit zurückgeworfenem Kopfe. Wenn er, beleibt, rot, in seiner Troika mit dem Schellengeläute fährt, und Panteleimon, ebenso beleibt und rot mit fleischigem Nacken auf dem Bocke sitzt, die geraden, wie hölzernen Arme ausgestreckt, und den entgegenkommenden Fahrern zuschreit: »Rechts halten!«, so ist das ein eindringliches Bild und man hat den Eindruck, daß nicht ein Mensch, sondern ein Götze fährt. Starzew hat in der Stadt eine riesige Praxis, zur Erholung nimmt er sich keine Zeit, er besitzt bereits ein Gut und zwei Häuser in der Stadt und liebäugelt schon mit einem dritten, das noch rentabler ist; und wenn man ihm in der »Gesellschaft für gegenseitigen Kredit« von einem zur Auktion bestimmten Hause spricht, so geht er, ohne viel Umstände zu machen, in dies Haus hinein, durchwandert alle Zimmer und, ohne die unangezogenen Frauen und Kinder zu beachten, die ihn voller Staunen und Angst anblicken, stößt er mit einem Stock an alle Türen und fragt: »Das ist das Arbeitszimmer? Das ist das Schlafzimmer? Und was ist dort?«

Und dabei atmet er schwer und wischt sich den Schweiß von der Stirn.

Er ist reichlich geplagt, aber dennoch gibt er die Kreisarztstelle nicht auf; die Geldgier hat ihn überwältigt, er wünscht, sowohl hier als auch dort zurechtzukommen. In Djalish und in der Stadt nennt man ihn einfach Jo-

nytsch. »Wohin mag Jonytsch fahren?« oder »Soll man nicht Jonytsch zum Konsilium einladen?«

Wahrscheinlich darum, weil seine Kehle zu viel Fett angesetzt hat, ist seine Stimme verändert und dünn und scharf geworden. Auch sein Charakter hat sich verändert; er wurde schwierig und reizbar. Wenn er Kranke empfängt, ist er gewöhnlich ärgerlich, klopft ungeduldig mit dem Stock auf den Fußboden und schreit mit seiner unangenehmen Stimme: »Wollen Sie nur auf die Fragen antworten! Keine Gespräche führen!«

Er lebt ganz einsam. Sein Leben fließt langweilig dahin, nichts interessiert ihn.

Während der ganzen Zeit, in der er in Djalish lebt, war die Liebe zu Katerchen seine einzige Freude und mutmaßlich auch seine letzte. An den Abenden spielt er im Klub Karten, und danach sitzt er allein am großen Tisch und ißt zu Abend. Ihn bedient Iwan, der älteste und geachtetste Kellner, man serviert ihm Lafitte Nr. 17, und alle ausnahmslos – die Klubvorsteher, der Koch und der Kellner – wissen, was er liebt und nicht liebt, und sie bemühen sich aus allen Kräften, ihm gefällig zu sein, damit er nicht am Ende ärgerlich wird und mit dem Stock auf den Fußboden klopft.

Wenn er zu Abend ißt, dreht er sich manchmal um und mischt sich in eine Unterhaltung: »Worüber unterhalten Sie sich da? He? Wen meinen Sie?«

Und wenn es geschieht, daß man an einem benachbarten Tisch sich über die Familie Turkin unterhält, so fragt er: »Von welchen Turkins sprechen Sie? Von denen, deren Tochter Klavier spielt?«

Das ist alles, was man von ihm erzählen kann.

Und die Turkins? Iwan Petrowitsch ist nicht gealtert, hat sich gar nicht verändert und erzählt in alter Weise seine Witze und Anekdoten; Wera Jossifowna liest nach wie vor gern und in Einfalt des Herzens den Gästen ihre Romane vor. Und Katerchen spielt täglich fast vier Stunden Klavier. Sie ist sichtlich gealtert, kränkelt häufig und reist jeden Herbst mit der Mutter in die Krim. Wenn er sie auf den Bahnhof bringt und der Zug sich in Bewegung setzt, wischt sich Iwan Petrowitsch die Tränen ab und schreit: »Lebt wohl, bitte sehr!« Und er winkt mit dem Tuch.

GUSSEW

I

Es ist schon ganz dunkel geworden, bald bricht die Nacht herein.

Der Reservist Gussew erhebt sich in seiner Koje und spricht halblaut: »Hörst du, Pawel Iwanytsch? In Suchong erzählte mir ein Soldat: ihr Schiff fuhr unterwegs auf einen großen Fisch auf und trieb sich den Boden ein.«

Der Mann, an den er sich wendet, dessen Stand niemand kennt, und den alle im Schiffslazarett Pawel Iwanytsch nennen, schweigt, als höre er nicht.

Und wiederum tritt Stille ein... Der Wind saust in der Takelage, die Schiffsschraube klappert, die Wellen schlagen an, die Kojen knarren, aber an all das ist das Ohr längst gewöhnt, und es scheint, als schlafe und schweige alles rundherum. Es ist langweilig. Die drei Kranken – zwei Soldaten und ein Matrose –, die den ganzen Tag Karten gespielt haben, schlafen bereits und sprechen im Traum.

Es beginnt zu schaukeln. Die Koje hebt sich unter Gussew und senkt sich, als seufze sie – einmal, zweimal, dreimal... Irgend etwas fällt zu Boden und klirrt: wahrscheinlich ein Krug.

»Der Wind hat sich von seiner Kette losgerissen...«, sagt Gussew und lauscht.
Diesmal hustet Pawel Iwanytsch und antwortet gereizt:
»Bald ist bei dir das Schiff auf einen Fisch gefahren, bald hat sich der Wind von der Kette losgerissen... Ist etwa der Wind ein Tier, daß er sich von der Kette losreißt?«
»So sagen die Christenmenschen.«
»Die Christenmenschen sind ebensolche Ignoranten wie du... Was reden die alles zusammen... Man muß seinen eigenen Kopf auf den Schultern haben und überlegen. Du bist ohne Sinn und Verstand.«
Pawel Iwanytsch leidet an der Seekrankheit. Wenn es schaukelt, ist er gewöhnlich gereizt und ärgert sich über die geringste Kleinigkeit. Aber nach Gussews Meinung ist zum Ärgern gar kein Grund vorhanden. Was ist an dem Fisch oder an dem Wind, der sich von der Kette losreißt, Sonderbares oder Unverständliches? Nehmen wir an, der Fisch sei so groß wie ein Berg und sein Rükken so hart wie bei einem Stör, nehmen wir weiter an, dort am Weltende stünden dicke Steinmauern, und die bösen Winde seien an die Mauern angeschmiedet... Wenn sie sich von der Kette nicht losgerissen haben, warum toben sie denn wie besessen über das ganze Meer und rasen wie Hunde? Wenn man sie nicht anschmiedet, wo bleiben sie, wenn es still ist?
Gussew denkt über die Fische, die groß wie ein Berg sind, und über die dicken, verrosteten Ketten lange nach, dann befällt ihn Schwermut, und er beginnt, an die Heimat zu denken, in die er jetzt nach fünfjährigem Dienst im Fernen Osten zurückkehrt. Er sieht einen

großen schneebedeckten Teich vor sich... Auf dem einen Ufer des Teiches steht eine ziegelfarbene Porzellanfabrik mit hohem Schornstein und Wolken schwarzen Rauches; auf dem andern Ufer liegt das Dorf... Aus dem fünften Hofe vom Ende des Dorfes fährt sein Bruder Aleksei im Schlitten; hinter ihm sitzen sein Söhnchen Wanjka in großen Filzstiefeln, und die kleine Akuljka, die auch Filzstiefel anhat. Aleksei ist etwas angetrunken. Wanjka lacht, Akuljkas Gesicht ist nicht zu sehen, so eingemummelt wie sie ist.

»Ungelegene Zeit, er wird die Kinder noch erfrieren lassen«, denkt Gussew. – »Gott gebe ihnen», flüstert er, »Sinn und Verstand, daß sie die Eltern ehren, und sie nicht klüger als Vater und Mutter sein wollen...«

»Hier müssen neue Sohlen drankommen«, spricht im Schlaf mit tiefer Baßstimme der Matrose. »Jawohl!«

Gussews Gedankengang wird unterbrochen, und an Stelle des Teiches sieht er auf einmal einen großen Stierkopf ohne Augen vor sich; Pferd und Schlitten fahren schon nicht mehr, sondern wirbeln in schwarzem Rauch. Aber er ist dennoch froh, daß er seine Angehörigen gesehen hat. Die Freude raubt ihm den Atem, wie Ameisen läuft es ihm über den Körper, seine Finger zittern.

»Gott hat uns ein Wiedersehen beschert!« phantasiert er, sofort aber öffnet er die Augen und sucht im Dunkeln nach dem Wasser.

Er trinkt und legt sich nieder – und wieder fährt der Schlitten, dann sieht er wieder den Stierkopf, Rauch, Wolken... Und so bis zum Tagesanbruch.

II

Zuerst zeichnet sich in der Dunkelheit ein blauer kleiner Kreis ab – das ist das runde Fensterchen; dann beginnt Gussew allmählich seinen Kojennachbar Pawel Iwanytsch zu unterscheiden. Pawel Iwanytsch schläft im Sitzen, weil er im Liegen nicht atmen kann. Sein Gesicht ist grau, die Nase lang und spitz, seine Augen scheinen, da er entsetzlich abgemagert ist, ungewöhnlich groß; die Schläfen sind eingefallen, der Bart ist ganz dünn, die Haare auf dem Kopf sind lang ... Aus seinem Gesicht kann man nicht erkennen, was für einen Stand er hat: ob er Edelmann ist oder Kaufmann oder Bauer? Dem Gesichtsausdruck und den langen Haaren nach sieht er wie ein Klosternovize aus, hört man aber auf seine Worte, so macht er nicht den Eindruck, Mönch zu sein. Durch Husten, durch die Stickluft und seine Krankheit ist er ganz von Kräften gekommen, er atmet schwer und bewegt seine ausgetrockneten Lippen. Als er bemerkt, daß Gussew ihn anschaut, kehrt er ihm sein Gesicht zu und sagt: »Jetzt beginne ich zu ahnen ... Ja ... Jetzt verstehe ich alles sehr gut.«

»Was verstehen Sie denn, Pawel Iwanytsch?«

»Das da ... Mir schien es immer sonderbar, daß ihr, die ihr schwerkrank seid, anstatt euch an einem ruhigen Platz zu befinden, hier auf dem Dampfer seid, wo Stickluft, Hitze, Schaukeln, kurz, alles euch mit dem Tode bedroht, jetzt aber ist mir alles klar ... Ja ... Eure Ärzte haben euch auf dem Dampfer abgeliefert, um euch loszuwerden. Sie wurden es überdrüssig, sich mit euch Viehzeug abzugeben ... Geld zahlt ihr ihnen nicht, man hat viel Plackerei mit euch, und ihr verderbt die Statistik mit euren Todesfällen – also das reine Vieh! Aber euch loszuwerden, ist nicht schwer... Dazu braucht man nur erstens kein Gewissen und keine Menschenliebe zu haben und zweitens die Schiffsverwaltung zu betrügen. Die erste Bedingung braucht man gar nicht zu erwägen, in dieser Beziehung sind wir Künstler, und die zweite läßt sich bei einiger Routine immer erfüllen. In einer Menge von vierhundert gesunden Soldaten und Matrosen fallen fünf Kranke nicht auf; nun, man trieb euch auf den Dampfer, mit den Gesunden vermischt, zählte rasch ab, und in dem Wirrwarr hat man nichts Übles gemerkt; als der Dampfer abgegangen war, da sah man: auf dem Schiffsverdeck liegen Paralytiker und Schwindsüchtige im letzten Stadium herum...«

Gussew begreift Pawel Iwanytsch nicht; da er meint, daß man ihm einen Vorwurf mache, sagt er zu seiner Rechtfertigung: »Ich lag deswegen auf dem Deck, weil ich keine Kräfte hatte; als man uns von der Barke auf den Dampfer auslud, war ich rasch ganz durchfroren.«

»Empörend!« fährt Pawel Iwanytsch fort. »Vor allem weiß man ganz genau, daß ihr diese weite Schiffsreise nicht überstehen werdet, und dennoch bringt man euch hierher! Nun, nehmen wir an, bis zum Indischen Ozean werdet ihr gelangen, aber was dann? Schrecklich, daran zu denken... Und das ist der Dank für treuen und untadligen Dienst!«

Pawel Iwanytsch blickt böse drein, macht eine verächtliche Miene und sagt, nach Atem ringend: »Man müßte diese Leute in den Zeitungen so vornehmen, daß die Federn fliegen!«

Die beiden kranken Soldaten und der Matrose sind aufgewacht und spielen bereits Karten. Der Matrose sitzt halb liegend auf der Koje, die Soldaten sitzen daneben auf der Diele in den unbequemsten Stellungen. Der eine Soldat trägt den rechten Arm in einer Binde, und um die Hand ist ein ganzes Bündel Leinwand gewickelt, so daß er die Karten entweder in der rechten Achselhöhle oder im Armgelenk hält; mit der linken Hand spielt er aus.

Es schaukelt heftig. Man kann weder aufstehen noch Tee trinken noch Medizin einnehmen.

»Du hast als Bursche gedient?« fragt Pawel Iwanytsch Gussew.

»Jawohl, als Bursche.«

»Mein Gott, mein Gott!« ruft Pawel Iwanytsch und schüttelt traurig den Kopf. – »Einen Menschen aus dem heimatlichen Nest zu reißen, ihn fünfzehntausend Werst weit zu schleppen, ihm dann eine Schwindsucht auf den Hals zu jagen und... und wozu das alles? kann man wohl fragen. Um aus ihm den Burschen eines Kapitäns Kopeikin oder eines Midshipman Dyrko zu machen. Wie sinnvoll!«

»Es ist kein schwerer Dienst, Pawel Iwanytsch. Man steht frühmorgens auf, putzt die Stiefel, macht den Samowar zurecht, räumt das Zimmr auf und hat dann nichts mehr zu tun. Der Leutnant zeichnet den ganzen Tag Pläne, und wenn man Lust hat, kann man beten – wenn man will, kann man lesen oder auf die Straße gehen. Gott gebe jedem so ein Leben!«

»Ja, ausgezeichnet! Der Leutnant zeichnet Pläne, und du sitzt den ganzen Tag in der Küche und bangst dich nach der Heimat... Pläne... Nicht auf Pläne kommt es an, sondern auf das Menschenleben! Das Leben wiederholt sich nicht, und man muß es schonen.«

»Das ist natürlich so, Pawel Iwanytsch; ein schlechter Mensch wird nirgends geschont, weder zu Hause noch im Dienst, aber wenn man rechtlich lebt und gehorcht, wer hat es da nötig, einem Böses zu tun? Die Herrschaften sind ja gebildet und begreifen das... Während der fünf Jahre habe ich kein einziges Mal im Karzer gesessen, und geschlagen wurde ich, soweit ich mich entsinne, nicht mehr als einmal...«

»Weswegen denn?«

»Wegen einer Prügelei. Ich habe eine schwere Hand, Pawel Iwanytsch. Zu uns auf den Hof kamen vier Chinesen, sie brachten Holz – genau erinnere ich mich nicht. Nun, mir gefiel das nicht, ich begann sie zu verdreschen, einem dieser verfluchten Kerle kam Blut aus der Nase... Der Leutnant sah das vom Fenster aus, wurde ärgerlich und gab mir eine Ohrfeige.«

»Ein dummer, jämmerlicher Mensch bist du...«, flüstert Pawel Iwanytsch. »Nichts kannst du begreifen.«

Das Schaukeln hat ihn ganz schwach gemacht, und er schließt die Augen; sein Kopf fällt bald zurück, bald sinkt er auf die Brust. Einige Male versucht er, sich niederzulegen, aber es wird nichts daraus: die Atemnot hindert ihn daran.

»Und warum hast du die vier Chinesen verprügelt?« fragt er nach einem Weilchen.

»Nur so. Sie waren in den Hof gekommen, da verprügelte ich sie.«

Und es wird still... Die Kartenspieler spielen noch fast

zwei Stunden erregt und schimpfend, aber das Schaukeln ermüdet auch sie; so werden sie die Karten hin und legen sich nieder. Wiederum erblickt Gussew den großen Teich, die Fabrik, das Dorf... Wiederum fährt der Schlitten, wieder lacht Wanjka, die kleine Akuljka macht den Pelz auf und streckt ihre Beine heraus: seht doch nur, ihr guten Leute, ich habe nicht solche Filzstiefel wie Wanjka, sondern ganz neue.

»Sechs Jahre ist sie schon alt, aber noch immer hat sie keine Vernunft!« phantasiert Gussew. »Anstatt die Beine in die Luft zu strecken, geh lieber und bringe deinem Onkel Soldaten etwas zu trinken. Ich geb' dir was zu naschen.«

Dort geht Andron mit der Feuersteinflinte auf der Schulter und trägt einen geschossenen Hasen, und der alte Jude Issaitschik geht hinter ihm her und bietet ihm an, den Hasen gegen ein Stück Seife einzutauschen... dort steht das schwarze Kälbchen im Flur, da näht Domna ein Hemd und weint über irgend etwas... und wieder erscheint der Stierkopf ohne Augen, der schwarze Rauch...

Oben schrie irgend jemand laut, einige Matrosen liefen vorüber; man schleppte anscheinend etwas sehr Schweres über Deck, oder irgend etwas brach entzwei. Wieder lief man vorüber... Ob nicht ein Unglück passiert ist? Gussew hebt den Kopf in die Höhe, lauscht angestrengt und sieht: die beiden Soldaten und der Matrose spielen wieder Karten; Pawel Iwanytsch sitzt da und bewegt die Lippen. Es ist schwül, man kann nicht atmen und möchte trinken, aber das Wasser ist warm und widerlich... Das Schaukeln läßt nicht nach.

Plötzlich geschieht mit dem einen kartenspielenden Soldaten etwas Sonderbares. Er nennt Cœur Caro, irrt sich in der Rechnung und läßt die Karten fallen, lächelt dann erschrocken und blöd und schaut alle mit großen Augen an.

»Ich werde sofort wieder, meine Lieben«, sagt er und legt sich auf den Boden.

Alle sind erstaunt. Man ruft ihn an, er antwortet nicht.

»Stepan, ist dir nicht wohl? He?« fragt der andere Soldat mit dem Arm in der Binde. »Soll man vielleicht den Priester rufen? He?«

»Trink Wasser, Stepan«, sagt der Matrose. »Nun, mein Lieber, trink.«

»Weshalb schlägst du ihm denn mit dem Krug an die Zähne«, sagt ärgerlich Gussew. – »Siehst du denn nicht, du Schafskopf?«

»Was denn?«

»Was!« äfft Gussew nach. »Er atmet ja nicht mehr, er ist gestorben. Da hast du dein: Was! Was ist das für ein dummes Volk, du lieber Gott!...«

III

Das Schaukeln hat aufgehört, und Pawel Iwanytsch ist munterer geworden. Er ärgert sich nicht mehr. Sein Gesichtsausdruck wird prahlerisch, verwegen und spöttisch. Es ist, als wollte er sagen: »Nun, sofort werde ich euch ein solches Geschichtchen erzählen, daß euch allen vor Lachen die Bäuche platzen.« Das runde Fensterchen steht offen, und ein sanfter Luftzug trifft Pawel Iwanytsch. Man vernimmt Stimmen und das Aufschla-

gen von Rudern auf das Wasser... Unmittelbar unter dem Fenster beginnt jemand mit dünner, widerwärtiger Stimme zu heulen: wahrscheinlich singt ein Chinese.
»Wir liegen auf der Reede«, sagt Pawel Iwanytsch und lächelt spöttisch. »Noch etwa ein Monat, und wir sind in Rußland. Jawohl, meine hochverehrten Herren Soldaten. Ich fahre nach Odessa und von da direkt nach Charkow. In Charkow bin ich mit einem Schriftsteller befreundet. Zu dem gehe ich dann und sage zu ihm: ›Laß mal für eine Weile deine garstigen Sujets sein, die Weibergeschichten und die Naturschönheiten, und stelle einmal das zweibeinige Geschmeiß dar... Da hast du Stoff...‹«
Einen Augenblick denkt er über irgend etwas nach, dann sagt er: »Gussew, weißt du, wie ich sie angeführt habe?«
»Wen, Pawel Iwanytsch?«
»Nun, eben diese... Verstehst du, hier auf dem Dampfer gibt es doch nur eine erste und eine dritte Klasse, wobei in der dritten Klasse nur Bauern fahren dürfen, das heißt nur Pack. Wenn man aber ein Jackett anhat und auch nur von weitem wie ein Herr der Bourgeois aussieht, so muß man erster Klasse fahren. Mach, was du willst, aber fünfhundert Rubel mußt du zahlen. ›Warum‹, frage ich, ›haben Sie eine solche Ordnung eingeführt? Wollt Ihr dadurch das Prestige der russischen Intelligenz heben?‹ ›Durchaus nicht. Wir lassen Sie einfach darum nicht, weil ein anständiger Mensch in der dritten Klasse nicht reisen kann; es ist gar zu dreckig und ekelhaft.‹ ›So? Ich danke Ihnen, daß Sie sich so um die anständigen Menschen bemühen. Aber gleichgül-

tig, ob es dort ekelhaft oder angenehm ist, fünfhundert Rubel habe ich nicht. Den Fiskus habe ich nicht bestohlen, die Fremdvölker habe ich nicht ausgeplündert, mit Schmuggel habe ich mich nicht befaßt, niemanden habe ich zu Tode geprügelt, und darum sagen Sie selbst: habe ich ein Recht, in der ersten Klasse zu residieren und besonders, mich zur russischen Intelligenz zu rechnen?‹ Aber mit Logik kommt man bei ihnen nicht durch... Ich mußte zu einem Betrug greifen. Ich zog einen Bauernrock an und große Stiefel, machte eine besoffene Bauernvisage und ging zum Agenten hin: ›Geben Sie mir, Euer Hochwohlgeboren, ein Billett...‹«

»Was haben Sie eigentlich für einen Stand?« fragt der Matrose.

»Ich stamme aus einer geistlichen Familie. Mein Vater war ein ehrlicher Pope. Er hat den Großen dieser Welt immer die Wahrheit ins Gesicht gesagt und dafür viel zu leiden gehabt.«

Pawel Iwanytsch ist vom Sprechen müde geworden und bekommt Atembeschwerden, aber er fährt doch fort: »Ja, ich sage jedem die Wahrheit ins Gesicht... Ich fürchte niemand und nichts. In dieser Hinsicht ist zwischen mir und euch ein gewaltiger Unterschied. Ihr seid ungebildet, blind, eingeschüchtert, ihr seht nichts, und was ihr seht, versteht ihr nicht... Man erzählt euch, daß sich der Wind von der Kette losreißt, daß ihr Vieh und Lumpenpack seid, und ihr glaubt es auch; prügelt man euch den Rücken, so küßt ihr die Hand, plündert euch ein Biest im Waschbärenpelz aus und schmeißt euch dann ein Fünfzehnkopekenstück als Trinkgeld hin, so sagt ihr noch: ›Küß die Hand, gnädiger Herr.‹ Parias

seid ihr, traurige Wichte... Ich bin ein ganz anderer Kerl. Ich lebe voller Bewußtsein, ich sehe alles, wie es der Adler sieht oder der Habicht, wenn er über die Erde dahinfliegt, und ich begreife alles. Ich bin der verkörperte Protest. Sehe ich Willkür – protestiere ich, sehe ich einen Frömmler oder Heuchler – protestiere ich, sehe ich ein triumphierendes Schwein – protestiere ich. Und ich bin unbesiegbar, keine spanische Inquisition kann mich zum Schweigen zwingen. Ja... Schneidet man mir die Zunge ab – so werde ich durch Mimik protestieren, mauert man mich in einen Keller ein – so werde ich so schreien, daß man es eine Werst weit hört, oder ich werde mich durch Hunger umbringen, damit auf ihrem schwarzen Gewissen ein Zentner mehr lastet, tötet man mich – so werde ich als Gespenst erscheinen. Alle Bekannten sagen zu mir: ›Sie sind der unausstehlichste Mensch, Pawel Iwanytsch!‹ Ich bin stolz auf diesen Ruf. Drei Jahre habe ich im Fernen Osten gedient, und ein Andenken auf hundert Jahre hinterlassen: mit allen habe ich mich verzankt. Meine Freunde schreiben mir aus Rußland: ›Komm ja nicht zurück.‹ Und nun fahre ich gerade hin, zum Trotz... Ja... Das ist Leben, das verstehe ich. Das kann man Leben nennen.«
Gussew hört gar nicht zu und blickt zum Fensterchen hinaus. Auf dem durchsichtigen, zart-türkisfarbenen Wasser schaukelt ein Boot, von der blendenden und heißen Sonne ganz überflutet. In ihm stehen nackte Chinesen, heben Käfige mit Kanarienvögeln hoch und schreien: »Er singt! Er singt!«
An das Boot stößt ein anderes an: ein Dampfkutter fährt vorbei. Noch ein Boot ist da: in ihm sitzt ein dicker Chi-

nese und ißt mit Stäbchen Reis. Träge schaukelt das Wasser, träge schweben über ihm weiße Möwen.

»Könnte man doch diesem fetten Kerl eine hinter die Ohren hauen«, denkt Gussew, schaut den dicken Chinesen an und gähnt.

Er schlummert ein wenig, und es kommt ihm vor, als schlummere auch die ganze Natur. Die Zeit läuft schnell dahin. Unvermerkt vergeht der Tag, unvermerkt setzt die Dämmerung ein... Der Dampfer steht nicht mehr still, sondern fährt weiter, irgendwohin...

IV

Es vergehen zwei Tage. Pawel Iwanytsch sitzt nicht mehr, sondern liegt; seine Augen sind geschlossen, seine Nase scheint noch spitzer geworden zu sein.

»Pawel Iwanytsch!« ruft ihn Gussew an. »He, Pawel Iwanytsch!«

Pawel Iwanytsch öffnet die Augen und bewegt die Lippen.

»Fühlen Sie sich schlecht?«

»Durchaus nicht«, antwortet Pawel Iwanytsch, schwer atmend. »Nein, ganz im Gegenteil... besser... Siehst du, ich kann sogar schon liegen... Mir ist leichter geworden.«

»Nun, Gott sei Dank, Pawel Iwanytsch.«

»Wenn ich mich mit euch vergleiche, tut ihr mir leid... Ihr armen Kerle. Meine Lungen sind gesund, das ist nur Magenhusten... Ich kann die Hölle aushalten, nicht nur das Rote Meer. Dazu verhalte ich mich auch zu meiner Krankheit und den Arzneien kritisch. Ihr

aber... Ihr seid ja wie blind... Schwer ist's für euch, sehr, sehr schwer!«
Es schaukelt nicht, das Meer ist still, aber dafür ist es schwül und heiß, wie in der Badstube; nicht nur das Sprechen, sondern sogar das Hören fällt einem schwer. Gussew hat die Arme um die Knie geschlungen, seinen Kopf auf sie gelegt und denkt an die Heimat. Mein Gott, was für ein Genuß, bei solcher Schwüle an Schnee und Kälte zu denken! Man fährt Schlitten; plötzlich erschrecken die Pferde vor etwas und gehen durch... Ohne auf Wege, Gräben, Schluchten zu achten, jagen sie wie rasend dahin, durch das ganze Dorf, über den Teich, an der Fabrik vorbei, dann über das Feld... ›Halt!‹ schreien die Fabrikarbeiter und Entgegenkommenden aus vollem Halse. – ›Halt!‹ Doch warum soll man sie halten! Mag auch der scharfe, kalte Wind ins Gesicht schlagen und an die Hände beißen, mögen von den Hufen aufgeworfene Schneeklumpen auf die Mütze, hinter den Kragen, auf Hals und Brust fallen, mögen die Schlittenkufen kreischen und die Stränge samt den Schwengeln reißen, hol' sie alle der Teufel! Und was für ein Genuß, wenn der Schlitten umkippt, und man in vollem Schwunge auf einen Schneehaufen fliegt, direkt mit dem Gesicht in den Schnee, und man danach ganz weiß, mit Eiszapfen am Schnurrbart aufsteht, ohne Mütze und Handschuhe, mit aufgegangenem Gürtel... Die Leute lachen schallend, die Hunde bellen...
Pawel Iwanytsch öffnet ein Auge halb, blickt mit ihm Gussew an und fragt leise: »Gussew, stahl dein Kommandeur?«

»Wer kann das wissen, Pawel Iwanytsch! Wir wissen das nicht, es dringt nicht bis zu uns!«

Und wieder vergeht eine lange Zeit im Schweigen. Gussew denkt, phantasiert und trinkt immerzu Wasser, ihm fällt das Sprechen und Zuhören schwer, und er fürchtet, daß man mit ihm zu sprechen beginnt. Es vergeht eine Stunde, eine zweite, eine dritte; der Abend bricht herein, dann ist es Nacht, aber er bemerkt das nicht, sondern sitzt immer da und denkt an den Frost...

Es ist, als ob jemand ins Lazarett kommt, Stimmen erschallen – einige Minuten vergehen, und alles ist wieder still...

»Ewige Glückseligkeit, ewiger Frieden«, sagt der Soldat mit dem Arm in der Binde. »Er war ein unruhiger Mensch!«

»Was gibt's?« fragt Gussew. »Wer denn?«

»Er ist gestorben. Soeben brachte man ihn hinauf.«

»Nun, was ist zu machen«, murmelt Gussew und gähnt.

»Ewige Glückseligkeit.«

»Was meinst du, Gussew?...«, fragt nach einiger Zeit der Soldat mit der Binde. »Wird er ins Himmelreich kommen oder nicht?«

»Wen meinst du?«

»Sicherlich... er hat lange gelitten. Und dann stammt er aus einer geistlichen Familie, und die Popen haben eine große Verwandtschaft. Sie werden seine Sünden abbeten.«

Der Soldat mit der Binde setzt sich zu Gussew auf die Koje und sagt halblaut: »Auch du, Gussew, wirst es nicht mehr lange machen. Du kommst nicht nach Rußland heim.«

»Hat dir das der Doktor oder Feldscher gesagt?« fragt Gussew.

»Nicht gerade, daß es jemand gesagt hat, aber man kann es sehen... Einen Menschen, der bald sterben wird, erkennt man sogleich. Du ißt und trinkst nicht mehr, bist ganz mager geworden – ein schrecklicher Anblick. Kurz gesagt: Schwindsucht. Ich sage das nicht, um dich zu beunruhigen, sondern... vielleicht willst du das Abendmahl und die letzte Ölung bekommen. Und wenn du Geld hast, übergib es dem ältesten Offizier.«

»Ich habe nicht nach Hause geschrieben...«, seufzt Gussew. »Sterbe ich, so werden sie es nicht erfahren.«

»Das werden sie«, sagt mit tiefer Baßstimme der kranke Matrose. »Wenn du stirbst, wird es hier ins Logbuch eingetragen; in Odessa gibt man einen Auszug dem Bezirkskommando, und das schickt ihn zur Dorfgemeinde oder sonstwohin.«

Gussew wird es von diesem Gespräch bänglich zumute, und ein unklarer Wunsch beginnt ihn zu quälen. Er trinkt Wasser – aber das war es nicht; er schleppt sich zum runden Fensterchen und atmet die heiße, feuchte Luft ein – das war es auch nicht; er gibt sich Mühe, an die Heimat und den Frost zu denken – auch das wollte er nicht... Endlich fühlt er, daß er, wenn er auch nur einen Augenblick noch im Lazarett bleibt, unbedingt ersticken wird.

»Mir ist so schwer, meine Lieben...«, sagt er. »Ich gehe nach oben. Führt mich um Christi willen hinauf!«

»Gut«, stimmt der Soldat mit der Binde zu. »Du wirst es nicht schaffen, ich will dich tragen. Halt dich am Halse fest.«

Gussew umarmt den Soldaten, und der umfaßt ihn mit seinem gesunden Arm und trägt ihn hinauf. Auf dem Deck schlafen hingestreckt die Reservisten und Matrosen; es sind ihrer so viele, daß man kaum durchkommen kann.

»Stell dich auf den Boden«, sagt leise der Soldat mit der Binde. »Komm mir ganz langsam nach, halte dich am Hemd.«

Es ist dunkel. Weder auf dem Deck noch auf den Masten noch ringsum auf dem Meer sind Lichter. Am Bug steht unbeweglich wie eine Statue die Schildwache, aber es macht den Eindruck, als schlafe auch sie. Es ist, als ob der Dampfer sich selbst überlassen wäre und gehe, wohin er wolle.

»Jetzt wird man Pawel Iwanytsch ins Meer werfen...«, sagt der Soldat mit der Binde. »Man steckt ihn in einen Sack... und dann ins Wasser.«

»Ja. So ist die Ordnung.«

»Aber es ist besser, zu Hause in der Erde zu liegen. Immerhin besucht einen einmal die Mutter und weint über dem Grabe.«

»Sicherlich.«

Es riecht nach Dung und Heu. Mit gesenkten Köpfen stehn an Bord die Ochsen. Eins, zwei, drei... acht Stück! Und da steht auch ein kleines Pferdchen. Gussew streckt die Hand aus, um es zu streicheln, aber es schüttelt den Kopf, fletscht die Zähne und will ihn in den Ärmel beißen.

»Du verfluchtes...«, schimpft Gussew.
Sie gehen beide langsam zum Bug des Schiffes, stellen sich an der Reling auf und blicken schweigend bald hinauf, bald hinab. Oben ist der blaue Himmel, sind leuchtende Sterne. Ruhe und Stille – genauso wie zu Hause im Dorf, unten aber herrscht das Dunkel und das Chaos. Hohe Wellen rauschen, man weiß nicht, warum. Jede von ihnen, auf die man blickt, will sich höher als die anderen erheben und drängt und treibt die andere; auf sie stürmt brausend, mit weißer Mähne schimmernd, eine dritte ein, ebenso wild und unförmig.
Das Meer hat keine Vernunft und kein Mitleid. Wäre der Dampfer kleiner und nicht aus dickem Eisen, so würden die Wellen ihn mitleidlos zertrümmern und alle Menschen verschlingen, ohne Unterschied zwischen Heiligen und Sündern. Auch der Dampfer macht einen sinnlosen und grausamen Eindruck. Dies Ungeheuer mit seinem großen Schnabel drängt vorwärts und durchschneidet auf seinem Wege Millionen Wogen; es fürchtet nicht Dunkelheit, Wind, Raum, Einsamkeit, ihm ist alles gleich, und wenn der Ozean seine Menschen hätte, würde das Ungeheuer sie zermalmen, gleichfalls ohne Unterschied zwischen Heiligen und Sündern.
»Wo sind wir jetzt?« fragt Gussew.
»Ich weiß es nicht. Wahrscheinlich im Ozean.«
»Es ist kein Land zu sehen.«
»Aber wo! Man sagt, wir würden es erst nach sieben Tagen zu sehen bekommen...«
Die beiden Soldaten blicken auf den weißen phospho-

reszierenden Schaum, schweigen und denken. Zuerst bricht Gussew das Schweigen.

»Es ist nichts Schreckliches dabei«, sagt er. »Nur unheimlich, so als ob man im dunkeln Walde säße. Wenn aber, nehmen wir an, jetzt eine Schaluppe ins Wasser gesetzt würde, und der Offizier würde befehlen, hundert Werst weit ins Mer hinauszufahren, um Fische zu fangen – ich würde fahren. Oder, sagen wir, ein Christenmensch fiele jetzt eben ins Wasser – ich würde ihm nachspringen. Einen Deutschen oder einen Chinesen würde ich nicht retten, aber einem Christen würde ich nachspringen.«

»Fürchtest du den Tod?«

»Ja. Mir tut es um die Wirtschaft leid. Mein Bruder zu Hause, weißt du, ist nicht ordentlich: er trinkt, schlägt ohne Grund seine Frau, ehrt nicht die Eltern. Ohne mich wird alles verkommen, und Vater und Mutter werden am Ende noch betteln müssen. Jedoch, mein Lieber, mich tragen meine Beine nicht mehr, es ist auch schwül hier... Gehn wir schlafen.«

V

Gussew kehrt ins Lazarett zurück und legt sich in seine Koje. So wie früher quält ihn ein unbestimmter Wunsch, und er kann durchaus nicht begreifen, was ihm fehlt. Es drückt ihn in der Brust, hämmert im Kopf, der Mund ist so trocken, daß er kaum die Zunge bewegen kann. Er schlummert und phantasiert; von Alpdruck, Husten und Stickluft zerquält, schläft er gegen Morgen fest ein. Er träumt, daß man in der Kaserne soeben das Brot aus dem Ofen herausgenommen habe, er aber sei in den Ofen hineingekrochen, nehme dort ein Schwitzbad und schlage sich mit Birkenquasten. Er schläft zwei Tage lang, am dritten aber kommen zwei Matrosen von oben und tragen ihn aus dem Lazarett heraus.

Man näht ihn in Segelleinwand und legt, damit er schwerer würde, zwei Eisenstäbe neben ihn. In das Segeltuch eingenäht, sieht er wie eine Möhre oder ein Rettich aus; oben am Kopf breit, an den Füßen schmal... Vor Sonnenuntergang bringt man ihn auf Deck und legt ihn auf ein Brett; ein Brettende liegt auf der Reling, das andere auf einer Kiste, die auf einen Schemel gestellt ist. Ringsum stehen barhäuptig Reservisten und das Kommando.

»Gesegnet sei unser Herr«, beginnt der Geistliche, »immerdar, jetzt und immer und in alle Ewigkeit!«
»Amen!« singen drei Matrosen.
Die Reservisten und das Kommando bekreuzigen sich und blicken seitwärts auf die Wellen. Wie seltsam, daß ein Mensch ins Segeltuch genäht ist, und er sofort in die Wellen fliegen wird. Kann das wirklich einem jeden passieren?
Der Geistliche streut über Gussew eine Handvoll Erde aus und verneigt sich. Das Requiem wird gesungen.
Der wachhabende Offizier hebt das eine Ende des Brettes hoch, Gussew gleitet von ihm herab, fliegt mit dem Kopf voran, dreht sich in der Luft um und plumpst ins Wasser. Der Schaum bedeckt ihn, einen Augenblick scheint er wie in Spitzen gehüllt, aber der Augenblick ist vorbei – und er verschwindet in den Wellen.
Er sinkt rasch dem Grunde zu. Wird er hinabgelangen? Bis zum Grund, sagt man, sind vier Werst. Nachdem er etwa acht oder zehn Klafter gesunken ist, geht es langsamer und langsamer, er schaukelt gemächlich, als überlege er, und, von einer Strömung erfaßt, wird er rascher seitwärts als nach unten getragen.
Aber da begegnet ihm auf dem Wege eine Herde kleiner Fische, die man Lotsenfische nennt. Als sie den dunklen Körper sehen, bleiben sie wie angewurzelt stehn, und plötzlich machen alle auf einmal kehrt und verschwinden. Nach weniger als einer Minute schießen sie wieder auf Gussew zu und beginnen, im Zickzack um ihn herumzuschwimmen...
Darauf zeigt sich ein andrer dunkler Körper. Das ist ein Hai. Stolz und teilnahmslos, als ob er Gussew nicht

bemerke, schwimmt er erst unter ihm durch, und Gussew legt sich dem Hai auf den Rücken. Danach kehrt sich der Fisch mit dem Bauch nach oben, spielt in dem warmen durchsichtigen Wasser und öffnet träge den Rachen mit den zwei Zahnreihen. Die Lotsenfische sind entzückt; sie haben haltgemacht und sehen zu, was weiter geschehen wird. Nachdem der Hai ein wenig mit der Leiche gespielt hat, bringt er träge seinen Rachen an sie heran, berührt sie vorsichtig mit den Zähnen, und das Segeltuch zerreißt der ganzen Länge der Leiche nach, vom Kopf bis zu den Füßen; ein Eisenstab fällt heraus, erschreckt die Lotsenfische, versetzt dem Hai einen Schlag in die Seite und sinkt rasch zu Grund.

Oben aber verdichten sich unterdessen auf der Seite, wo die Sonne untergeht, die Wolken; eine Wolke sieht einem Triumphbogen gleich, eine andere einem Löwen, eine dritte einer Schere... Hinter den Wolken hervor kommt ein breiter grüner Strahl und dehnt sich ganz bis zur Mitte des Himmels aus; nach einem Weilchen legt sich neben diesen ein violetter Strahl, neben ihn ein goldener, dann ein rosafarbener... Der Himmel wird von zarter Fliederfarbe überzogen. Als er diesen großartigen, bezaubernden Himmel erblickt, macht der Ozean zuerst ein mürrisches Gesicht, bald aber nimmt er selbst freundliche, fröhliche, leidenschaftliche Farben an, wie sie die menschliche Sprache nicht wiederzugeben vermag.

IN DER VERBANNUNG

Der alte Ssemjon, mit dem Beinamen ›der Vernünftige‹, und ein junger Tatar, dessen Namen niemand kannte, saßen am Flußufer beim Wachfeuer; die übrigen drei Fährleute befanden sich in der Hütte. Ssemjon, ein hagerer und zahnloser, aber breitschultriger und anscheinend noch gesunder alter Mann von sechzig Jahren, war betrunken; er wäre längst schon schlafen gegangen, aber er hatte in seiner Tasche noch eine halbe Flasche Schnaps und fürchtete, daß ihn in der Hütte die jungen Männer um Schnaps bitten würden. Der Tatar war krank, er hatte Schmerzen, und, fest in seine Lumpen eingehüllt, erzählte er, wie schön es im Gouvernement Ssimbirsk sei, und was er für eine schöne und kluge Frau zu Hause habe. Er war nicht älter als fünfundzwanzig Jahre, und jetzt beim Scheine des Wachfeuers sah er mit seinem bleichen, traurigen und kränklichen Gesicht wie ein Knabe aus.

»Natürlich ist es hier kein Paradies«, sagte der Vernünftige. »Du siehst selbst: Wasser, kahle Ufer, ringsumher Lehm und weiter nichts... Ostern ist längst vorbei, aber auf dem Fluß noch Treibeis, und heute morgen gab es sogar Schnee.«

»Es ist schlecht, sehr schlecht!« sagte der Tatar und blickte sich erschauernd um.
Etwa zehn Schritt von ihm entfernt floß der dunkle kalte Strom; er brauste, schlug klatschend an das ausgewaschene, lehmige Ufer und strömte schnell dahin ins ferne Meer... Unmittelbar am Ufer lag dunkel eine große Barke, die die Fährleute »Karbas« nennen. Fern, am andern Ufer krochen, verlöschend und flackernd, züngelnde Flammen: dort wurde das vorjährige Gras verbrannt. Und hinter den züngelnden Flammen lag wieder tiefe Dunkelheit. Man hörte, wie kleine Eisschollen an die Barke schlugen... Es war feucht und kalt...
Der Tatar sah zum Himmel auf. Sterne sind ebensoviel dort, wie bei ihm zu Hause, ringsherum ebenso tiefe Dunkelheit, und doch fehlt etwas. Zu Hause, im Gouvernement Ssimbirsk, gibt es ganz andere Sterne und einen ganz anderen Himmel.
»Es ist schlecht! Sehr schlecht!« wiederholte er.
»Wirst dich gewöhnen!« sagte der Vernünftige und fing an zu lachen. »Jetzt bist du noch jung und dumm, die Milch auf deinen Lippen ist noch nicht trocken geworden, und in deiner Dummheit scheint es dir, daß es einen unglücklicheren Menschen als dich nicht gibt; und doch wird die Zeit kommen, da du selbst sagen wirst: gebe Gott jedem ein solches Leben. Sieh mich an. Nach einer Woche ist der Fluß eisfrei, dann werden wir hier die Fähre einrichten, ihr alle werdet in Sibirien herumwandern, nur ich werde hier bleiben und von einem Ufer zum andern fahren. Schon zweiundzwanzig Jahre fahre ich so hin und her. Tag und Nacht. Hecht und Lachsforelle schwimmen unter dem Wasser, ich aber auf dem

Wasser. Und Gott sei Dank dafür. Mehr brauche ich nicht, gebe Gott jedem so ein Leben.«

Der Tatar legte Reisig ins Feuer, rückte näher heran und sagte: »Ich habe zu Hause einen kranken Vater. Wenn er stirbt, kommen Mutter und Frau hierher. Sie haben es mir versprochen.«

»Was brauchst du Mutter und Frau?« fragte der Vernünftige. »Das ist reine Torheit, mein Guter. Der Teufel verwirrt dich, folge ihm nicht. Höre nicht auf ihn, den Verfluchten. Tu ihm nicht den Willen. Er wird dich mit dem Weibe locken, aber du sage ihm zum Trotz: ich will nicht! Er wird dich mit der Freiheit lokken, doch du widerstehe ihm: ich will nicht! Man braucht nichts! Weder Vater noch Mutter noch Frau noch Freiheit noch Hof noch Haus! Man braucht nichts, hol' all das der Henker!«

Er tat einen Schluck aus der Flasche und fuhr dann fort: »Ja, Freundchen, bin kein einfacher Bauer, stamme nicht aus dem Bauernstand, sondern bin Küsterssohn, und als ich noch frei in Kursk lebte, trug ich einen Rock, aber jetzt habe ich mich so weit abgehärtet, daß ich auf der bloßen Erde schlafen und Gras essen kann. Und Gott gebe jedem so ein Leben. Ich brauche nichts und fürchte mich vor niemandem und bin von mir der Meinung, daß es einen reicheren und freieren Menschen nicht gibt. Als man mich aus Rußland hierher schickte, wehrte ich mich vom ersten Tage an: ich will nichts mehr! Der Teufel sprach mir von der Frau, von Verwandten und von Freiheit, aber ich trotzte ihm: ich brauche nichts! Ich bestand auf dem Meinen, und wie du siehst, lebe ich gut und beklage mich nicht. Aber wenn jemand dem Teufel nachgibt und ihm auch nur einmal folgt, so ist er verloren, es gibt keine Rettung für ihn: er versinkt bis an den Hals im Sumpf und kann nicht mehr heraus. Nicht nur Leute wie ihr dummen Bauern, auch adlige und gebildete Leute verderben. Vor etwa fünfzehn Jahren schickte man aus Rußland einen Herren hierher. Er hatte dort das Erbe mit seinen Brüdern geteilt und im Testament etwas gefälscht. Man sagte, er sei Fürst oder Baron, vielleicht war er auch einfach ein Beamter – wer kann das wissen! Nun, der Herr kam hierher, und das erste, was er tat, war, daß er sich im Muchortinschen Gebiet Haus und Land kaufte. ›Ich will‹, sagte er, ›von meiner Hände Arbeit leben, weil ich jetzt‹, so sagte er, ›nicht Herr, sondern Ansiedler bin.‹ ›Nun was‹, sage ich darauf, ›helfe Ihnen Gott, es ist eine gute Sache.‹ Er war damals noch jung, geschäftig, fürsorglich: er pflegte selbst zu mähen und Fische zu fangen und ritt seine sechzig Werst am Tage. Nur das war der Fehler: vom ersten Jahre an begann er, nach Gyrino ins Postkontor zu fahren. Er stand dann neben mir auf der Fähre und seufzte: ›Ach, Ssemjon, warum schickt man mir so lange kein Geld von zu Hause!‹ ›Sie brauchen kein Geld, Wassilij Ssergeitsch‹, sage ich. ›Wozu brauchen Sie es? Lassen Sie das Alte sein, vergessen Sie es, so als ob es überhaupt nicht gewesen wäre, als ob Sie es nur geträumt hätten, und fangen Sie ein neues Leben an. Hören Sie nicht auf den Teufel‹, sage ich, ›er wird Sie zu nichts Gutem führen, er wird Sie nur in der Schlinge fangen. Jetzt wollen Sie Geld‹, sage ich, ›aber nach ganz kurzer Zeit werden Sie etwas anderes begehren, und dann noch etwas und noch etwas. Wenn Sie‹, sage ich, ›glücklich sein wollen, so fangen Sie damit an, nichts zu wollen. Ja... Wenn‹, sage ich zu ihm, ›das Schicksal mir und Ihnen schlimm mitgespielt hat, so dürfen wir es nicht um Gnade anflehen und vor ihm in die Knie fallen, sondern wir müssen es verachten und verlachen. Sonst wird es uns verlachen.‹ So also spreche ich zu ihm... Nach etwa zwei Jahren fahre ich ihn auf diese Seite hinüber, und er reibt sich die Hände und lacht. ›Ich fahre‹, sagt er, ›nach Gyrino, meine Frau abzuholen. Sie hat Mitleid mit mir gehabt‹, sagt er, ›und ist hierher gekommen. Brav ist sie und gut.‹ Er war vor Freude ganz außer Atem. Tatsächlich kommt er nach einem Tage mit seiner Frau gefahren. Eine junge, schöne Dame, sie hat einen Hut auf; auf dem Arm ein kleines Mädchen. Und eine Menge Gepäck. Und mein Wassilij Ssergeitsch bemüht sich dauernd um sie, kann sich nicht sattsehen und sie nicht genug loben. ›Ja, Freund Ssemjon, auch in Sibirien leben Menschen.‹ ›Nun‹, denke ich, ›gut, wirst keine Freude erleben.‹ Und seitdem fuhr er fast jede Woche nach Gyrino, sich zu erkundigen, ob nicht aus Rußland Geld gekommen sei. Geld nämlich brauchte er eine Menge. ›Meinetwegen‹, sagte er, ›vergeudet sie hier in Sibirien ihre Jugend und Schönheit, und teilt‹, so sagte er, ›mit mir mein bitteres Los, und darum‹, sagte er, ›muß ich ihr jedes Vergnügen verschaffen...‹ Damit es für die gnädige Frau unterhaltsamer wäre, schloß er Bekanntschaften mit Beamten und allerlei Pack. Aber dieser ganzen Bande muß man bekanntlich zu essen und zu trinken geben; auch ein Klavier mußte dasein und auf dem Sofa ein zottiges Hündchen – krepieren soll es...

Mit einem Wort: Luxus, Verwöhnung. Die gnädige Frau blieb nicht lange bei ihm. Wie sollte sie auch? Lehm, Wasser, Kälte, kein Gemüse hat man, kein Obst, rundherum nur ungebildete und betrunkene Menschen, kein richtiger Verkehr, und sie ist eine verwöhnte Großstädterin... Natürlich fing sie an, sich zu langweilen. Und ihr Mann, was man auch sagen mag, ist nun kein Herr mehr, sondern ein Ansiedler – keine große Ehre.
Nach ungefähr drei Jahren, erinnere ich mich, nachts gerade vor Mariä Himmelfahrt, höre ich vom anderen Ufer her rufen. Ich fuhr mit der Fähre hinüber und sehe – die gnädige Frau, ganz vermummt, und mit ihr ein junger Herr, einer von den Beamten... Eine Trojka... Ich brachte sie herüber, sie setzten sich – und weg waren sie! Nur ich habe sie gesehen. Gegen Morgen kommt Wassilij Ssergeitsch mit zwei Pferden angefahren. – ›Ssemjon, ist hier nicht meine Frau mit einem Herrn, der eine Brille trägt, durchgefahren?‹ ›Ja, das ist sie‹, sage ich, ›suche den Wind im Felde!‹ Er eilte, um sie einzuholen und jagte fünf Tage und Nächte hinter ihnen her. Als ich ihn danach auf das andere Ufer übersetzte, stürzte er auf den Boden nieder und begann, mit dem Kopf gegen die Bretter zu schlagen und zu heulen. ›Das eben‹, sage ich, ›ist es ja.‹ Ich lache und erinnere ihn daran, ›auch in Sibirien leben Menschen!‹ Er aber schlägt nur immer mehr um sich...
Dann wünschte er die Freiheit zu erlangen. Seine Frau war nach Rußland zurückgekehrt, und so zog es auch ihn dorthin, um sie wiederzusehen und von ihrem Geliebten zu trennen. Und nun, mein Lieber, begann er

fast täglich zur Post zu fahren oder in die Stadt zu den Behörden. Fortwährend reichte er Bittgesuche ein oder sandte sie ab – man möge ihn begnadigen und nach Hause zurückkehren lassen; für Telegramme allein, so erzählte er, gab er an die zweihundert Rubel aus... Das Land verkaufte er, das Haus verpfändete er den Juden. Er wurde zusehends grau und gebückt, gelb im Gesicht, als wäre er schwindsüchtig. Sprach er mit dir, so hustete er: kche-kche-kche... und Tränen standen in seinen Augen. So quälte er sich fast acht Jahre mit Bittgesuchen ab, doch dann lebte er wieder auf und wurde fröhlich: er hatte sich eine neue Zerstreuung ausgedacht. Seine Tochter war nämlich herangewachsen. Er blickt sie an und kann sich an ihr nicht sattsehen. Und sie ist auch wirklich nett: hübsch, schwarzäugig und lebhaften Wesens. Jeden Sonntag fährt er mit ihr nach Gyrino zur Kirche. Beide stehen auf der Fähre nebeneinander; sie lacht, und er läßt kein Auge von ihr. ›Ja‹, sagt er, ›Ssemjon, auch in Sibirien leben Menschen. Auch in Sibirien gibt es ein Glück. Schau her‹, sagt er, ›was für eine Tochter ich habe! Nicht wahr, tausend Werst kannst du suchen und findest keine solche wieder!‹ ›Das Töchterchen‹, sage ich, ›ist hübsch, das ist wahr, tatsächlich...‹ Und bei mir denke ich: ›Warte du nur ab... Sie ist ein junges Ding, das Blut pulsiert in ihr, sie verlangt zu leben, und was ist das hier für ein Leben!‹ Und bald, mein Lieber, begann sie zu kränkeln... Sie siechte und siechte dahin, sie wurde ganz schwach, bettlägerig und ist jetzt völlig von Kräften gekommen. Schwindsucht. Da hast du das sibirische Glück, hol's der Teufel – so leben in Sibirien die Menschen... Er fing an, immerzu bei den Ärzten herumzufahren und sie zu sich zu bringen. Sobald er hört, daß auf zwei- oder dreihundert Werst ein Doktor oder Quacksalber lebt, holt er ihn... Schrecklich, wieviel Geld für die Doktoren wegging, nach meiner Meinung vertränke man lieber das Geld... Sie muß ja doch sterben... Sie wird unbedingt sterben, und dann ist er ganz verloren. Entweder erhängt er sich aus Gram oder flieht nach Rußland – das ist ganz sicher. Wenn er zu entfliehen versucht, so greift man ihn: dann kommt das Gericht, Zwangsarbeit, er wird die Peitsche kennenlernen...«

»Es ist gut, gut«, murmelte der Tatar, der sich vor Kälte zusammenkrümmte.

»Was ist gut?« fragte der Vernünftige.

»Frau... Tochter... soll Zwangsarbeit kommen und Kummer, dafür hat er seine Frau und seine Tochter gesehen... Du sagst, man brauche nichts. Aber nichts ist schlimm. Seine Frau hat drei Jahre mit ihm zusammengelebt – das war ein Geschenk Gottes. Nichts ist schlimm, aber drei Jahre ist gut. Wie begreifst du das nur nicht?«

Zitternd, angestrengt nach den russischen Worten suchend, von denen er nur wenige kannte, stammelnd, begann der Tatar davon zu sprechen, daß Gott ihn davor behüten möge, im fremden Lande zu erkranken, zu sterben und in der kalten rostfarbenen Erde verscharrt zu werden; daß, wenn seine Frau auch nur auf einen Tag zu ihm kommen würde, er gern für ein solches Glück alle erdenklichen Qualen auf sich nehmen und Gott dafür danken würde. Besser ein Tag des Glücks als nichts.

Darauf erzählte er wieder, eine wie schöne und kluge Frau er habe; dann griff er sich mit beiden Händen an den Kopf, begann zu weinen und Ssemjon zu versichern, daß er ganz unschuldig sei und vergebens leide. Seine beiden Brüder und sein Onkel hätten einem Bauern Pferde gestohlen und den alten Mann halbtot geschlagen, aber das Gericht hätte nicht nach Treu und Glauben entschieden und das Urteil dahin ausgesprochen, daß alle drei Brüder nach Sibirien gehen mußten, der Onkel aber, ein reicher Mann, zu Hause bleiben konnte.

»Wirst dich gewöhnen!« sagte Ssemjon.

Der Tatar verstummte und starrte mit verweinten Augen in das Feuer; sein Gesicht drückte Verwunderung und Schrecken aus, als ob er immer noch nicht verstünde, warum er sich hier in der Dunkelheit und Feuchtigkeit neben fremden Menschen befand und nicht im Gouvernement Ssimbirsk. Ssemjon legte sich am Feuer nieder, lächelte über etwas und stimmte halblaut ein Lied an.

»Was kann ihr das für eine Freude bereiten, mit dem Vater zu leben?« begann er wieder nach einem Weilchen. »Er liebt sie, hat an ihr seine Freude, das ist wahr; doch, mein Lieber, man darf ihm nicht zu sehr trauen; es ist ein stenger, rauher alter Mann. Und junge Mädchen brauchen keine Strenge... Sie brauchen Zärtlichkeit, cha-cha-cha und chi-chi-chi, Parfüm und Pomade. Ja... Ach, das sind so Sachen!« seufzte Ssemjon und erhob sich schwerfällig. »Der Schnaps ist ganz zu Ende, also ist es Zeit zu schlafen... Nun? Ich gehe, mein Lieber...«

Allein zurückgeblieben, legte der Tatar etwas Reisig ins Feuer und streckte sich hin; ins Feuer schauend, begann er an das Heimatdorf zu denken und an seine Frau. Käme doch seine Frau nur auf einen Monat, ja, nur auf einen Tag, später könnte sie, wenn sie wollte, wieder zurückfahren! Besser ein Monat oder auch nur ein Tag als nichts. Wenn aber seine Frau ihr Versprechen hielte und käme, womit würde er sie ernähren? Wo würde sie hier wohnen können?

»Wenn man gar nichts zu essen hat, wovon soll man leben?« fragte laut der Tatar.

Dafür, daß er jetzt Tag und Nacht mit dem Ruder arbeitete, zahlte man ihm nur zehn Kopeken pro Tag; die Fahrgäste gaben freilich Trinkgelder, aber seine Kameraden teilten alle Einnahmen unter sich und gaben dem Tataren nichts, ja, sie lachten nur über ihn. Und aus der Not wird Hunger, Kälte, Angst geboren... Jetzt, wenn der ganze Körper zittert und schmerzt, müßte man in die Hütte gehen und sich schlafen legen, aber er hatte nichts zum Zudecken, und dann war's dort kälter als am Ufer; auch hier hat er nichts zum Zudecken, aber wenigstens kann man das Feuer schüren...

Wenn nach einer Woche das Wasser ganz gefallen sein wird, und man die Fähre einrichtet, sind alle Fährleute außer Ssemjon nicht mehr nötig, und der Tatar wird von Dorf zu Dorf wandern und um Almosen und Arbeit betteln müssen. Seine Frau ist erst siebzehn Jahre alt, sie ist schön, verwöhnt, schüchtern – soll sie etwa ebenfalls mit unverhülltem Gesicht durch die Dörfer wandern und um Almosen betteln? Nein, es ist schrecklich, daran auch nur zu denken...

Es ward bereits hell; die Barke, die Weidenbüsche am Waser und die leichten Wellen zeichneten sich deutlich ab; wenn man sich umblickte – da war der lehmige Steilabsturz, unten das mit braunem Stroh bedeckte Hüttchen, oben hingen wie angeklebt Bauernhütten... Im Dorf krähten die Hähne...

Der rote lehmige Steilabsturz, die Barke, der Fluß, die fremden, bösartigen Menschen, Hunger, Kälte, Krankheiten – all dies existierte vielleicht tatsächlich gar nicht. »Wahrscheinlich träume ich das alles nur«, dachte der Tatar. Er fühlte, daß er schlafe und hörte sein eigenes Schnarchen... Natürlich ist er zu Hause, im Gouvernement Ssimbirsk, und er braucht nur seine Frau bei Namen zu nennen, und sie wird antworten; im Nebenzimmer ist seine Mutter... Aber was für schreckliche Träume es doch gibt! Wozu sind sie da? Der Tatar lächelte und öffnete die Augen. Was ist das für ein Fluß? Die Wolga?

Schnee fiel.

»Hol über!« schrie jemand vom jenseitigen Ufer. »Karba-a-as!«

Der Tatar erwachte und ging die Gefährten wecken, um zum andern Ufer zu fahren. Die Fährleute zeigten sich am Ufer, im Gehen ihre zerrissenen Schafpelze anziehend, schimpften mit heiseren, verschlafenen Stimmen und krümmten sich vor Kälte. Nach dem Schlaf erschien ihnen der Fluß, von dem durchdringende Kälte herwehte, abscheulich und unheimlich. Sie sprangen in den Karbas, ohne sich zu beeilen... Der Tatar und die drei Fährleute ergriffen die langen breitschaufligen Ruder, die in der Dunkelheit großen Krebsscheren glichen, Ssemjon drückte mit seinem Leibe gegen das lange Steuerruder. Auf dem jenseitigen Ufer aber rief man immer noch und schoß zweimal mit dem Revolver, da man wahrscheinlich dachte, daß die Fährleute schliefen oder zum Dorf in die Schenke gegangen seien.

»Gut, gut, kommst schon zur Zeit!« sagte Ssemjon im Ton eines Menschen, der davon überzeugt ist, daß man sich in dieser Welt nicht zu beeilen brauche – da doch alles ganz gleich sei und Gescheites dabei nicht herauskomme.

Die schwere ungefüge Barke löste sich vom Ufer los und schwamm zwischen den Weidensträuchern, und nur daran, daß das Weidengebüsch langsam zurückblieb, konnte man bemerken, daß die Barke nicht still stand, sondern sich bewegte. Gleichmäßig, im Takt, ruderten die Fährleute; Ssemjon lag mit seinem Leib auf dem Steuerruder und flog von einer Seite des Bootes zur andern, indem er in der Luft einen Bogen beschrieb. In der Dunkelheit sah das so aus, als ob die Leute auf einem vorsintflutlichen Tiere mit langen Beinen säßen, und auf ihm in ein kaltes trauriges Land wegschwämmen, wie man es bisweilen bei Alpdruck träumt. Das Weidengebüsch blieb zurück, und die Fähre kam ins offene Wasser hinaus. Am andern Ufer konnte man das Anschlagen und gleichmäßige Plätschern der Ruder hören und schrie: »Schneller! Schneller!« Nach zehn Minuten stieß die Barke schwer an die Anlegestelle.

»Es schüttet immerzu, immerzu schüttet es!« brummte Ssemjon und wischte sich den Schnee vom Gesicht. »Gott weiß, woher all der Schnee kommt!«

Am andern Ufer wartete ein kleiner, hagerer alter Mann

in kurzem Fuchspelz und mit einer Mütze aus weißem Lammfell. Er stand abseits von den Pferden und rührte sich nicht; sein Gesichtsausdruck war mürrisch und angestrengt, als gebe er sich Mühe, sich an etwas zu erinnern, als müsse er sich über sein ungehorsames Gedächtnis ärgern. Als Ssemjon zu ihm herantrat und lächelnd die Mütze abnahm, sagte er: »Ich eile nach Anastassjewka. Der Tochter geht es wieder schlechter, und in Anastassjewka, sagt man, gibt es einen neuen Arzt.«
Man schleppte den Tarantas auf die Barke und fuhr zurück. Der Mann, den Ssemjon Wassilij Ssergejewitsch genannt hatte, stand während der ganzen Fahrt unbeweglich, preßte seine dicken Lippen fest aufeinander und starrte in eine Richtung; als der Kutscher ihn um die Erlaubnis bat, in seiner Gegenwart rauchen zu dürfen, antwortete er nicht, als ob er gar nicht höre. Aber Ssemjon, der mit dem Leib auf dem Steuerruder lag, sah ihn spöttisch an und sagte: »Auch in Sibirien leben Menschen. Le-e-ben!«
Ssemjons Gesicht trug einen triumphierenden Ausdruck, als habe er etwas bewiesen und freue sich, daß es gerade so eingetroffen sei, wie er vermutete. Das unglückliche, hilflose Aussehen des Mannes im kurzen Fuchspelz bereitete ihm augenscheinlich großes Vergnügen.
»Es ist jetzt schlecht zu fahren, Wassilij Ssergejewitsch«, sagte er, als man am Ufer die Pferde anspannte. »Hätten noch zwei Wochen warten sollen, bis es trockener wird. Oder Sie hätten überhaupt nicht fahren sollen... Wenn die Fahrt noch irgendeinen Sinn hätte,

aber Sie wissen es ja selbst, die Leute fahren jahraus jahrein, Tag und Nacht, und es kommt nichts dabei heraus. Wirklich!«

Wassilij Ssergejewitsch gab ihm schweigend ein Trinkgeld, setzte sich in den Tarantas und fuhr weiter.

»Da fährt er nun nach dem Doktor!« sagte Ssemjon, sich vor Kälte krümmend. »Such nur den rechten Doktor, hole den Wind im Felde ein, erwisch den Teufel beim Schwanz! Ach, diese seltsamen Käuze, Herr Gott, verzeihe mir Sünder!«

Der Tatar trat an Ssemjon heran, blickte ihn voller Haß und Abscheu an und sagte zitternd und tatarische Worte in seine gebrochene Rede mischend: »Er ist gut... gut, aber du bist schlecht! Du bist schlecht! Der Herr ist eine gute Seele, er ist vortrefflich, aber du bist ein Tier, du bist schlecht! Der Herr lebt, du bist tot... Gott schuf den Menschen, daß er lebe, daß auch Freude da wäre und Kummer und Schmerz, aber du willst nichts, also lebst du nicht, sondern bist ein Stein, bist Lehm! Der Stein braucht nichts, und auch du brauchst nichts... Du bist ein Stein – und Gott liebt dich nicht, aber den Herrn liebt er!«

Alle fingen an zu lachen; der Tatar runzelte voll Verachtung die Stirn, bewegte resigniert die Hand, wickelte sich in seine Lumpen und ging zum Wachfeuer. Die Fährleute und Ssemjon schleppten sich in die Hütte.

»Kalt ist's«, sagte mit heiserer Stimme ein Fährmann und streckte sich auf dem Stroh aus, mit dem der feuchte Lehmboden bedeckt war.

»Ja, es ist nicht warm!« stimmte der andere ein. »Eine richtige Katorga!«

Alle legten sich nieder. Der Wind öffnete die Tür, und Schnee wehte in die Hütte. Niemand wollte aufstehen und die Tür schließen: es war zu kalt, und sie waren zu träge.

»Aber mir geht es gut!« sagte einschlummernd Ssemjon. »Gott gebe jedem so ein Leben.«

»Du bist ja auch ein ganz schwerer Bursche. Dich nehmen nicht einmal die Teufel.«

Von draußen hörte man Laute wie Hundegeheul.

»Was ist das? Wer ist das?«

»Der Tatar weint.«

»Sieh einer an... Seltsamer Kauz!«

»Wird sich gewö-hnen!« sagte Ssemjon und schlief sofort ein.

Bald schliefen auch die übrigen. Die Tür blieb offen stehen.

DIE BAUERN

Der Kellner im Moskauer Hotel »Slawischer Basar«, Nikolai Tschikildejew, war erkrankt. Seine Füße versagten ihm den Dienst, und sein Gang wurde unsicher, so daß er einmal, als er über den Korridor ging, stolperte und mit dem Tablett, auf dem sich eine Portion Schinken und Erbsen befand, hinfiel. Er mußte seine Stelle aufgeben. Seine eigenen Gelder und die seiner Frau gab er für Ärzte und Arzneien aus, für den Lebensunterhalt blieb nichts mehr übrig; ohne Arbeit wurde es langweilig, und er entschied, daß es folglich das Beste wäre, nach Hause in sein Dorf zu fahren. Zu Hause ist das Kranksein leichter und das Leben billiger; und nicht umsonst sagt man: Zu Hause helfen einem die Wände.

Er langte in seinem Shukowo gegen Abend an. In seinen Kindheitserinnerungen stellte sich ihm das heimatliche Nest als hell, gemütlich und behaglich dar, jetzt aber erschrak er sogar, als er das Bauernhaus betrat – so dunkel, eng und schmutzig war es. Olga, seine Frau, und Ssascha, seine Tochter, die mit ihm gefahren waren, betrachteten staunend den großen unsauberen Ofen, der fast die Hälfte der Stube einnahm und von Ruß und

Fliegen schwarz war. Wieviel Fliegen gab es! Der Ofen war schief, die Balken der Wände hatten sich gesenkt, und die Hütte schien jeden Augenblick zusammenstürzen zu wollen. In der rechten Ecke, neben den Ikonen, waren an Stelle von Bildern Flaschenetiketts und Fetzen Zeitungspapier angeklebt. Ach, die Armut, die Armut!

Von den Erwachsenen war niemand zu Hause, alle waren bei der Ernte. Auf dem Ofen saß ein etwa achtjähriges Mädchen, flachsblond, ungewaschen, gleichgültig; sie sah die Eintretenden nicht einmal an. Unten rieb sich an der Pflugsterze eine weiße Katze.

»Kiß, kiß!« lockte Ssascha sie. »Kiß!«

»Sie hört nicht«, sagte das Mädchen. »Sie ist taub.«

»Wie kommt das?«

»So. Sie wurde geprügelt.«

Nikolai und Olga begriffen beim ersten Blick, wie hier das Leben sein würde, sagten aber einander nichts; sie legten schweigend ihre Bündel hin und gingen schweigend auf die Straße. Ihre Hütte war die drittletzte des Dorfes und schien die ärmste und älteste zu sein; die zweite war nicht besser, aber das letzte Haus hatte ein eisernes Dach und Vorhänge an den Fenstern. Dies Haus, von keinem Zaun umgeben, stand abgesondert da, in ihm befand sich die Schenke. Die Bauernhütten bildeten eine einzige Reihe, und das ganze Dörfchen, still und verträumt, mit den aus den Höfen hervorlugenden Weiden, Holunderbüschen und Ebereschen gewährte einen freundlichen Anblick.

Hinter den Bauerngehöften begann der Absturz zum Fluß, der so steil und abschüssig war, daß hie und da im

Lehm gewaltige Steine hervortraten. Diesen Abhang entlang, zwischen diesen Steinen und den von den Töpfern ausgewaschenen Gruben wanden sich Fußstege, und in ganzen Haufen lagen Scherben zerbrochenen Geschirrs, bald braune, bald rote, da – dort unten aber breitete sich eine ausgedehnte, ebene, hellgrüne Wiese aus, die schon geschnitten war, und auf der jetzt die Viehherde der Bauern weidete. Der sich schlängelnde Fluß, der wunderschöne lockige Birken hatte, befand sich eine Werst vom Dorf entfernt, hinter ihm wiederum eine ausgedehnte Wiese, eine Viehherde, lange Reihen weißer Gänse, dann kam, so wie auf diesem Ufer, eine jähe Steigung, und oben, auf der Höhe, stand das Kirchdorf mit einer fünfkuppligen Kirche und etwas abseits das Herrenhaus.

»Wie schön es bei Euch ist!« sagte Olga, sich beim Anblick der Kirche bekreuzigend. »Wie weit und frei, mein Gott!«

Gerade in diesem Augenblick ertönte die Glocke zum Abendgottesdienst; es war Samstagabend. Zwei kleine Mädchen, die unten einen Wassereimer schleppten, blickten sich nach der Kirche um, um das Läuten zu hören.

»Um diese Zeit diniert man im ›Slawischen Basar‹ ...«, sagte nachdenklich Nikolai.

Am Rande des Steilabhanges sitzend, sahen Nikolai und Olga, wie die Sonne unterging, wie der goldene und purpurfarbene Himmel sich im Flusse spiegelte, in den Kirchenfenstern und in der ganzen Luft, die zart, still und unbeschreiblich rein war, wie sie es in Moskau niemals ist. Und als die Sonne untergegangen war, zog

blökend und brüllend die Herde vorbei, kamen vom andern Ufer Gänse herangeflogen – und alles verstummte, das stille Licht erlosch in Luft, und rasch breitete sich die abendliche Dunkelheit aus.
Unterdessen waren die Alten heimgekehrt, der Vater und die Mutter Nikolais, beide von gleichem Wuchse, mager, gebeugt, zahnlos. Auch die Frauen kamen – die Schwägerinnen, Marja und Fjokla, die jenseits des Flusses beim Gutsbesitzer arbeiteten. Marja, die Frau des Bruders Kirjak, hatte sechs Kinder, Fjokla, die Frau des Bruders Denis, der zu den Soldaten gegangen war, zwei; und als Nikolai, ins Haus tretend, die ganze Familie erblickte, alle diese großen und kleinen Lebewesen, die sich auf den Hängeböden, in Wiegen und in allen Ecken bewegten, und als er sah, mit welcher Gier der Alte und die Frauen das schwarze Brot, es ins Wasser tunkend, aßen, da überlegte er, daß es ganz sinnlos gewesen war, hierher zu kommen, krank, ohne Geld und dazu noch mit Familie – ganz sinnlos!
»Und wo ist der Bruder Kirjak?« fragte er, nachdem man sich begrüßt hatte.
»Er lebt bei einem Kaufmann als Wächter«, sagte der Vater, »im Walde. Kein schlechter Bauer, nur trinkt er stark.«
»Er verdient nichts!« sagte die Alte weinerlich. »Unsere Bauern sind arge Trinker, bringen nichts ins Haus, sondern vergeuden nur. Kirjak trinkt, und der Alte ebenfalls, wozu soll man es verheimlichen, er kennt den Weg zum Gasthaus. Die Himmelskönigin ist erzürnt.«
Den Gästen zu Ehren wurde der Samowar aufgesetzt.

Der Tee roch nach Fisch, der Zucker war benagt und grau, über Brot und Geschirr liefen die Schaben; es war ekelhaft zu trinken, und auch die Unterhaltung war widerwärtig – immer nur über die Not und über Krankheiten. Aber man hatte noch nicht eine Tasse ausgetrunken, da erklang von draußen lautes, langgezogenes, betrunkenes Schreien: »Ma-arja!«

»Es scheint Kirjak zu sein«, sagte der Alte, »er ist wie der Wolf in der Fabel.« Alle verstummten. Und nach einer kurzen Weile ertönte wieder derselbe Schrei, grob und langgezogen, wie aus der Erde» »Ma-arja!«

Marja, die ältere Schwägerin, erbleichte und drückte sich an den Ofen – und es machte einen sonderbaren Eindruck, im Gesicht dieser breitschultrigen, kräftigen, unschönen Frau den Ausdruck des Schreckens zu sehen. Ihre Tochter, dasselbe Mädchen, welches auf dem Ofen gesessen hatte und ganz teilnahmslos zu sein schien, begann plötzlich laut zu weinen.

»Was heulst du denn«, schrie sie Fjokla an, ein schönes, kräftiges und breitschultriges Bauernweib. »Er schlägt dich ja nicht tot!«

Vom Alten erfuhr Nikolai, daß Marja Furcht hatte, im Walde mit Kirjak zusammenzuleben, und daß er, wenn er betrunken war, sie jedesmal zu holen pflegte und bei der Gelegenheit lärmte und sie schonungslos prügelte.

»Ma-arja!« ertönte der Ruf unmittelbar an der Türe.

»Beschützt mich, um Christi willen, ihr Lieben«, stammelte Marja und atmete so, als ob man sie in sehr kaltes Wasser steckte, »beschützt mich, ihr Lieben...«

Alle Kinder, so viele ihrer in der Stube waren, begannen zu weinen, und als sie sie ansah, fing auch Ssascha zu weinen an. Man hörte den Husten des Betrunkenen, und ins Haus trat ein großer, schwärzbärtiger Bauer in einer Wintermütze – und weil beim trüben Schein des Lämpchens sein Gesicht nicht zu erkennen war, sah er schrecklich aus. Es war Kirjak. Er näherte sich seiner Frau, holte kräftig aus und schlug ihr mit der Faust ins Gesicht – sie aber gab keinen Laut von sich, vom Schlage wie betäubt, und duckte sich nur, und sofort floß aus ihrer Nase Blut.

»So eine Schande, so eine Schande«, murmelte der Alte und kletterte auf den Ofen, »und noch dazu vor Gästen! So eine Sünde!«

Die Alte aber saß schweigend, gebeugt da und sann über etwas nach; Fjokla schaukelte die Wiege... Kirjak, der sich offenbar schrecklich vorkam, und damit zufrieden war, ergriff Marja bei der Hand, zerrte sie zur Türe und, um noch schrecklicher zu erscheinen, brüllte er wie ein Tier, aber in diesem Augenblick sah er plötzlich die Gäste und hielt inne.

»Ah, ihr seid angekommen...«, sagte er und ließ seine Frau los. »Der Bruder mit seiner Familie...«

Er betete vor dem Heiligenbild, hin und her schwankend und seine trunkenen, geröteten Augen weit öffnend, fuhr er fort: »Der Bruder mit seiner Familie ist ins Elternhaus zurückgekehrt... aus Moskau also. Die erste Residenzstadt, die Mutter aller Städte... Ich bitte um Verzeihung...« Er setzte sich auf die Bank neben den Samowar und begann Tee zu trinken, ihn laut aus der Untertasse schlürfend, unter allgemeinem Schwei-

gen... Er trank etwa zehn Tassen aus, sank auf die Bank und begann zu scharchen.
Man legte sich schlafen. Nikolai als Kranker mußte sich zum Alten auf den Ofen legen; Ssascha legte sich auf den Fußboden, und Olga ging mit den Frauen in die Scheune. »Nun, meine Liebe«, sagte sie und legte sich neben Marja aufs Heu, »mit Tränen hilft man dem Kummer nicht ab! Dulde – das ist alles! In der Schrift ist gesagt: So dich jemand auf die rechte Backe schlägt, so biete ihm die linke dar... Ja, meine Liebe!«
Dann erzählte sie halblaut im singenden Tone von Moskau, von ihrem Leben, wie sie als Zimmermädchen in Chambres garnies gedient hätte.
»Und in Moskau gibt es große, steinerne Häuser«, erzählte sie, »viele, viele Kirchen, vierzigmal vierzig, meine Liebe, und in den Häusern wohnen nur Herrschaften, so schöne, so anständige Herrschaften!«
Marja sagte, daß sie noch nie in Moskau, nicht einmal in ihrer Kreisstadt gewesen sei; sie konnte nicht lesen und schreiben, kannte keine Gebete, kannte nicht einmal das »Vaterunser«. Sie und die andere Schwiegertochter Fjokla, die jetzt abseits saß und zuhörte – beide waren äußerst primitiv und konnten nichts verstehen. Beide liebten ihre Männer nicht. Marja fürchtete sich vor Kirjak, und wenn er bei ihr blieb, zitterte sie vor Schrecken und wurde jedesmal neben ihm betäubt, da er stark nach Schnaps und Tabak roch. Und Fjokla antwortete ärgerlich auf die Frage, ob es ihr ohne Mann nicht langweilig sei: »Ach, hol ihn der Kuckuck!«
Sie sprachen noch eine Weile und verstummten dann... Es war kühl, und neben der Scheune krähte laut der

Hahn, er störte den Schlaf. Als das bläuliche Morgenlicht schon durch alle Spalten hereinzuscheinen begann, stand Fjokla ganz leise auf und ging hinaus, und dann hörte man, wie sie irgendwohin lief, mit den nackten Füßen klatschend.

II

Olga ging in die Kirche und nahm Marja mit. Als sie den Fußpfad zur Wiese hinabstiegen, war beiden fröhlich zumute. Olga gefiel die weite freie Landschaft, und Marja fühlte in ihrer Schwägerin einen nahen, verwandten Menschen. Die Sonne ging auf. Über der Wiese schwebte niedrig ein schläfriger Habicht, der Fluß war düster, hie und da wogte Nebel, aber jenseits auf der Höhe zog sich schon ein heller Streifen Lichts hin; die Kirche glänzte, und im herrschaftlichen Garten schrien unermüdlich die Dohlen.

»Der Alte ist nicht übel«, erzählte Marja, »aber die Großmutter ist streng und schlägt immerfort. Das eigene Korn reichte bis zur Butterwoche, jetzt kaufen wir Mehl im Gasthaus – nun, da ist sie böse. Ihr eßt zuviel, sagt sie.«

»I-i, meine Liebe! Halte aus, darauf kommt alles an. Es ist gesagt: ›Kommet her zu mir alle, die ihr mühselig und beladen seid.‹«

Olga sprach gesetzt und halb singend, und ihr Gang war wie der einer Pilgerin schnell und hastig. Täglich las sie das Evangelium, las es laut, nach Mesnerart, und obwohl sie vieles nicht verstand, rührten die heiligen Worte sie bis zu Tränen, und die alten Worte der Kirchensprache brachte sie mit einem süßen Stocken ihres

Herzens über die Lippen. Sie glaubte an Gott, an die Mutter Gottes, an die Heiligen; sie glaubte, daß man niemanden auf der Welt kränken dürfe – weder die einfachen Leute, noch die Deutschen, noch die Zigeuner oder Juden, und daß es sogar denjenigen schlimm ergehen werde, die kein Mitleid mit Tieren haben. Sie glaubte, daß es so in den heiligen Büchern geschrieben stünde, und daher wurde ihr Gesicht, sogar wenn sie die unverständlichen Worte aus der Schrift aussprach, mitleidsvoll, gerührt und verklärt.

»Woher stammst du?« fragte Marja.

»Aus dem Wladimirschen. Aber schon früh brachte man mich nach Moskau, als ich acht Jahre alt war.«

Sie gelangten an den Fluß. Am andern Ufer unmittelbar am Fluß stand eine Frau und zog sich aus.

»Das ist unsere Fjokla«, sagte Marja, »sie ist über den Fluß zum Herrenhof gegangen. Zu den Gutsaufsehern. Sie ist ganz frech und schamlos!«

Fjokla, mit schwarzen Brauen, jung noch und kräftig wie ein Mädchen, sprang mit aufgelöstem Haar vom Ufer in den Fluß und begann mit den Füßen im Wasser um sich zu schlagen, so daß nach allen Seiten von ihr Wellen ausgingen.

»Ein ganz freches Weib!« wiederholte Marja.

Über den Fluß war ein schwanker Brettersteg gelegt, und gerade, als sie hinübergingen, schwammen im reinen, durchsichtigen Wasser Scharen breitstirniger Döbel herum. Auf den grünen Sträuchern, die ins Wasser schauten, blinkte der Tau. Warm wehte ein leiser Wind, es wurde einem wohlig. Was für ein herrlicher Morgen! Und wie herrlich könnte wohl das Leben in dieser Welt sein, wenn nicht die Not, die ausweglose Not gewesen wäre, vor der man sich nirgends retten kann! Man brauchte sich jetzt nur nach dem Dorfe umzusehen und sich lebhaft an das Gestrige zu erinnern – und der Zauber des Glückes, der ringsum herrschte, verschwand in einem Augenblick.

Sie gelangten zur Kirche. Marja blieb am Eingang stehen und wagte nicht weiterzugehen. Sie wagte nicht einmal sich hinzusetzen, obwohl man erst nach acht zur Messe zu läuten begann. So stand sie die ganze Zeit über.

Als das Evangelium gelesen wurde, geriet das Volk plötzlich in Bewegung und machte der Gutsbesitzerfamilie Platz; zwei Mädchen in weißen Kleidern, in breitrandigen Hüten kamen herein, mit ihnen ein dicker, rotwangiger Knabe mit Matrosenanzug. Ihr Erscheinen rührte Olga; beim ersten Blick erkannte sie, daß das anständige, gebildete und schöne Menschen seien. Marja aber sah mürrisch, finster, trübsinnig drein, so als ob nicht Menschen, sondern Ungeheuer hereingekommen wären, die sie hätten zerdrücken können, wenn sie nicht beiseite getreten wäre.

Und wenn der Diakon irgend etwas mit seiner Baßstimme ausrief, glaubte sie ständig den Ruf »Ma-arja!« zu vernehmen – und sie zuckte jedesmal zusammen.

III

Im Dorf erfuhr man von der Ankunft des Besuchs, und schon nach der Messe kamen viele Leute in die Hütte.

Es kamen auch die Leonytschews und die Matweitschews und die Iljitschows, um sich nach ihren Verwandten zu erkundigen, die in Moskau angestellt waren. Alle Shukowschen Burschen, die lesen und schreiben konnten, wurden nach Moskau gebracht, um Kellner und Zimmerkellner zu werden, so wie die aus dem jenseits des Flusses liegenden Dorf nur Bäcker wurden; so war es lange Sitte, schon in der Zeit der Leibeigenschaft, als ein gewisser Luka Iwanytsch, ein jetzt schon legendärer Bauer aus Shukowo, der in einem Moskauer Klub als Büfettier angestellt war, nur seine Landsleute in Stellung zu sich nahm; diese wieder empfahlen, wenn sie zu Ansehen gelangten, ihre Verwandten und brachten sie in Gasthäusern und Restaurants unter; und seit der Zeit hieß das Dorf Shukowo bei den Bauern der Umgegend nicht anders als »Lakaiendorf«. Nikolai hatte man nach Moskau gebracht, als er elf Jahre war, und die Stelle hatte ihm Iwan Makarytsch aus der Familie Matweitschew verschafft, der damals in der »Eremitage« Logendiener war. Und nun sagte Nikolai, zu den Matweitschews gewandt, in belehrendem Tone: »Iwan Makarytsch war mein Wohltäter, und ich muß Tag und Nacht zu Gott für ihn beten, weil ich durch ihn ein brauchbarer Mensch geworden bin.«

»Väterchen«, fragte weinerlich eine hochgewachsene Alte, die Schwester von Iwan Makarytsch, »jetzt hört man aber nichts mehr von dem Lieben.«

»Im Winter diente er noch bei Haumont, aber in dieser Saison soll er, wie man hört, irgendwo außerhalb der Stadt in einem Gartenlokal angestellt sein... Er ist alt geworden! Früher pflegte er im Sommer etwa zehn Rubel täglich nach Hause zu bringen, aber jetzt gehen die

Geschäfte überall schlecht, richtig abplagen muß sich der Alte.«
Die alten und jungen Weiber blickten auf die Füße Nikolais, die in Filzstiefeln steckten, und auf sein blasses Gesicht und sagten traurig: »Es geht dir nicht gut, Nikolai Ossipytsch! Warum nur!«
Und alle liebkosten Ssascha. Sie war bereits über zehn Jahre alt, aber klein von Gestalt, sehr mager, und ihrem Aussehen nach konnte man sie für siebenjährig halten, nicht älter. Zwischen den andern Mädchen, die verbrannt, schlecht geschoren waren und längst verschossene Hemden trugen, sah sie mit ihrem weißen Gesichtchen und ihren großen dunklen Augen, mit einem roten Bändchen in den Haaren drollig aus wie ein kleines Tier, das man im Felde eingefangen und ins Haus gebracht hat.
»Sie kann auch lesen!« prahlte Olga und blickte zärtlich ihr Töchterchen an. »Lies etwas vor, Kindchen!« sagte sie und holte aus ihrem Bündel das Evangelium hervor. »Lies vor, die Rechtgläubigen werden zuhören.«
Es war ein altes, schweres Evangelienbuch, in Ledereinband mit abgegriffenen Rändern, und es gab einen Geruch von sich, als wären Mönche in die Stube getreten. Ssascha zog die Augenbrauen in die Höhe und begann laut, mit singender Stimme: »Da sie aber hinweggezogen waren, siehe, da erschien der Engel des Herrn dem Joseph im Traum und sprach: ›Stehe auf und nimm das Kindlein und seine Mutter...‹«
»Das Kindlein und seine Mutter«, wiederholte Olga und wurde ganz rot vor Erregung.

»Und flieh nach Ägyptenland... und bleib allda, bis ich dir's sage...«
Beim Worte »allda« konnte sich Olga nicht halten und begann zu weinen. Auch Marja schluchzte auf, als sie zu ihr hinsah, und dann die Schwester von Iwan Makarytsch. Der Alte begann zu husten und herumzusuchen, um seinem Enkeltöchterchen eine Leckerei zu geben, fand aber nichts und machte nur eine verlegene Handbewegung. Und als das Lesen beendet war, gingen die Nachbarn nach Hause, gerührt und mit Olga und Ssascha sehr zufrieden.
Wegen des Feiertages blieb die Familie den ganzen Tag zu Hause. Die Alte, welche alle, ihr Mann, die Schwiegertöchter und Enkelkinder gleichmäßig Großmutter nannten, war bemüht, alles selbst zu machen; sie heizte selbst den Ofen und stellte den Samowar auf, ging sogar selbst mittags zu den Leuten aufs Feld und murrte dann, daß sie sich mit Arbeit abrackern müsse. Und immerwährend war sie in Unruhe, daß jemand ein Stück zuviel äße, daß der Alte und die Schwiegertochter ohne Arbeit dasäßen. Bald glaubte sie zu hören, daß die Gänse des Gastwirts vom Hinterhof her in ihren Gemüsegarten gelaufen seien, und sie rannte mit einem langen Stock aus der Hütte heraus und zeterte dann eine halbe Stunde lang über ihren Kohl, der welk und kümmerlich war wie sie selbst; bald schien es ihr, als ob eine Krähe sich an ihre Küchlein heranmache, und scheltend stürzte sie sich auf die Krähe. Sie ärgerte sich und knurrte von Morgen bis Abend, und häufig erhob sie ein solches Geschrei, daß die Vorübergehenden auf der Straße stehenblieben.

Mit ihrem Alten ging sie nicht freundlich um, betitelte ihn bald Faulpelz, bald Luder. Er war ein unsolider, unzuverlässiger Bauer, und möglicherweise hätte er überhaupt nicht gearbeitet, sondern nur auf dem Ofen gesessen und sich unterhalten, wenn sie ihn nicht beständig zur Arbeit angetrieben hätte. Des langen und breiten erzählte er seinem Sohne von irgendwelchen Feinden, die er hätte, klagte über Kränkungen, die er angeblich täglich von seinen Nachbarn zu erdulden hätte, und es war langweilig, ihn anzuhören.

»Ja«, erzählte er und stemmte die Hände in die Seiten. »Ja... Eine Woche nach dem Fest der Kreuzerhöhung wollte ich das Heu für dreißig Kopeken das Pud verkaufen, freiwillig... Ja... Gut... Ich fahre also am Morgen das Heu freiwillig, begegne niemandem; recht zur Unzeit, sehe ich, kommt aus dem Wirtshaus der Starost Antip Ssedelnikow heraus. ›Wohin fährst du das Heu, du Esel!‹ – und haut mir eine übers Ohr.«

Kirjak aber hatte einen tüchtigen Katzenjammer und schämte sich vor dem Bruder.

»Was doch der Schnaps macht. Ach, mein Gott!« murmelte er und schüttelte seinen schmerzenden Kopf. »Verzeiht mir um Christi willen, Bruder und Schwester, ich bin ja selbst nicht froh.«

Wegen des Feiertages hatte man im Wirtshaus einen Hering gekauft und kochte aus dem Heringskopf eine Suppe. Mittags setzten sich alle zum Teetrinken hin und tranken lange, bis sie in Schweiß gerieten und von Tee wie aufgedunsen waren; danach begannen sie die Suppe zu essen, alle aus einem Topf. Den Hering hatte die Großmutter versteckt.

Am Abend brannte auf dem Steilabhang ein Töpfer seine zwei Töpfe. Unten auf der Wiese führten Mädchen einen Reigen auf und sangen dazu. Man spielte Harmonika. Auch auf dem jenseitigen Flußufer brannte ein Ofen, und die Mädchen sangen, und aus der Ferne schien dieser Gesang harmonisch und zart. In und bei dem Wirtshaus lärmten die Bauern; sie sangen mit trun-

kenen Stimmen, jeder für sich, und sie schimpften so, daß Olga nur immer zusammenfuhr und sagte: »Ach, du lieber Gott!...«
Es verwunderte sie, daß man unaufhörlich Geschimpfe hörte, und daß am lautesten und ausdauerndsten die Alten schimpften, für die es schon an der Zeit war, zu sterben. Und Kinder und Mädchen hörten dieses Geschimpfe mit an, waren nicht im geringsten verlegen, offensichtlich waren sie von der Wiege an daran gewöhnt.

Mitternacht war vorüber, die Töpferöfen hier und jenseits erloschen schon, aber unten auf der Wiese und im Wirtshaus lärmte man immer noch. Der Alte und Kirjak, beide betrunken, nahmen sich bei den Händen, stützten einander mit den Schultern und gingen zur Scheune, wo Olga und Marja lagen.

»Laß«, suchte der Alte Kirjak zu bereden, »laß... Sie ist ein stilles Weib... Es ist Sünde...«

»Ma-arja!« rief Kirjak.

»Laß... Es ist Sünde... Sie ist ein gutes Weib.«

Beide standen eine Weile an der Scheune und gingen dann.

»Ich li-ebe die Blumen auf dem Felde!« begann plötzlich der Alte in einem hohen durchdringenden Tenor zu singen. »Ich lie-be sie auf den Auen zu pflücken!« Dann spuckte er aus, ließ ein gemeines Schimpfwort vernehmen und ging in die Hütte.

IV

Die Großmutter hatte Ssascha für ihren Gemüsegarten zur Aufsicht bestellt und ihr befohlen, achtzugeben, daß die Gänse nicht hineingingen. Es war ein heißer Augusttag. Die Gänse des Gastwirtes konnten vom Hinterhof her in den Garten eindringen, aber jetzt waren sie mit etwas anderm beschäftigt und lasen den Hafer vor dem Gasthaus, friedlich schwatzend, und nur der Gänserich hob seinen Kopf in die Höhe, um Ausschau zu halten, ob nicht die Alte mit dem Stocke komme; die übrigen Gänse konnten von unten her eindringen, aber sie weideten jetzt weit auf dem andern Flußufer, wie eine lange, weiße Girlande über die Wiese ausgespannt.

Ssascha stand eine Weile da, wurde es dann satt und lief, da sie sah, daß die Gänse nicht kamen, zum Steilufer.
Dort sah sie Marjas älteste Tochter, Motjka, die unbeweglich auf einem riesigen Stein stand und zur Kirche hinüberschaute. Marja hatte dreizehnmal geboren, aber nur sechs Kinder waren ihr geblieben, und nur Mädchen, nicht ein Knabe, und das älteste Mädchen war acht Jahre alt. Motjka stand barfuß, in einem langen Hemd, in der Sonnenglut, die Sonne stach ihr direkt auf den Scheitel, aber sie merkte davon nichts und war wie versteinert. Ssascha stellte sich neben sie und sagte, auf die Kirche blickend: »In der Kirche wohnt Gott. Bei den Menschen brennen Lampen und Kerzen, bei Gott aber rote, grüne, blaue Kirchenlämpchen wie Äuglein. Nachts schreitet Gott durch die Kirche, und mit ihm die Hochheilige Gottesmutter und Nikolaus der Wundertäter – tup, tup, tup... Und dem Kirchenwächter wird es bang, so bang! I-i-, meine Liebe«, fügte sie hinzu und ahmte ihre Mutter nach. »Und wenn das Ende der Welt kommt, dann werden alle Kirchen in den Himmel emporgehoben werden.«
»Mit den Glok-ken?« fragte mit tiefer Stimme Motjka, die Silben dehnend.
»Mit den Glocken. Und wenn das Ende der Welt da ist, kommen die Guten ins Paradies, die Bösen aber werden in ewigem, unauslöschlichem Feuer brennen, meine Liebe. Zu meiner Mutter und auch zu Marja wird Gott sagen: Ihr habt niemandem Böses getan und dafür geht nach rechts, ins Paradies: Kirjak aber und der Großmutter wird er sagen: Aber ihr geht nach links in das ewige

Feuer. Und wer zur Fastenzeit verbotene Speise gegessen hat, der muß auch ins Feuer.«
Sie blickte zum Himmel empor, öffnete weit die Augen und sagte: »Sieh zum Himmel und blinzle nicht – dann kann man die Engel sehen.«
Motjka begann auch in den Himmel zu sehen, und eine Minute verging im Schweigen.
»Siehst du?« fragte Ssascha.
»Ich kann nichts sehen«, sagte mit tiefer Stimme Motjka.
»Aber ich sehe. Ganz kleine Englein fliegen im Himmel umher, und sie huschen blitzschnell vorüber mit ihren Flügelchen, so wie Mücken.«
Motjka sann, zu Boden blickend, ein Weilchen nach und fragte dann: »Die Großmutter wird brennen?«
»Das wird sie, meine Liebe.«
Vom Stein aus senkte sich der Boden eben und sanft bis ganz zur Niederung am Fluß; er war mit weichem, grünem Grase bedeckt, daß man Lust hatte, es mit der Hand zu berühren oder auf ihm zu liegen. Ssascha legte sich hin und ließ sich nach unten rollen. Motjka legte sich mit ernstem Gesicht, schwer atmend, ebenfalls hin und rollte hinunter, und dabei schob sich ihr Hemd bis zu den Schulern hinauf.
»Wie froh ich bin«, sagte Ssascha entzückt.
Sie gingen beide wieder hinauf, um sich noch einmal herabrollen zu lassen, aber in diesem Augenblick hörten sie die bekannte keifende Stimme. Oh, das war entsetzlich! Die zahnlose, knochendürre, bucklige Großmutter, mit kurzem, grauem, im Winde flatterndem Haar, jagte mit einem langen Stock die Gänse aus dem Gemü-

segarten fort und kreischte: »Den ganzen Kohl habt ihr zertreten, ihr verdammten Tiere, daß ihr doch krepiertet, ihr dreimal Verdammten, daß euch der Teufel hole!«
Sie sah die Mädchen, warf den Stock hin, nahm eine Rute, packte Ssascha mit ihren trockenen und wie Wassernüsse harten Fingern am Genick und begann sie zu verprügeln. Ssascha weinte vor Schmerz und Angst; inzwischen kam der Gänserich, von einem Fuß auf den andern watschelnd, mit ausgestrecktem Halse an die Alte heran und zischte ihr irgend etwas zu, und als er zu seiner Herde zurückgekehrt war, begrüßten ihn alle Gänsefrauen beifällig mit einem: »Ga-ga-ga!« Dann machte sich die Großmutter daran, Motjka zu verprügeln, und dabei schob sich Motjkas Hemd wieder hinauf. Voll Verzweiflung und laut weinend ging Ssascha nach Hause, um sich zu beklagen; Motjka, die ebenfalls weinte, aber mit tiefer Stimme und ohne sich die Tränen abzuwischen, lief ihr nach, und ihr Gesicht war bereits so naß, als hätte sie es ins Wasser getaucht.
»Mein Gott!« rief Olga verwundert aus, als die beiden hereinkamen. »Himmlische Königin!«
Ssascha begann zu erzählen, und in diesem Augenblick kam mit durchdringendem Geschrei und scheltend die Großmutter herein; auch Fjokla geriet in Zorn, und in der Hütte entstand großer Lärm.
»Tut nichts, tut nichts!« tröstete sie die blasse und verstörte Olga und streichelte Ssascha den Kopf. »Sie ist die Großmutter, über sie böse zu sein ist Sünde. Tut nichts, Kindchen.«
Nikolai, der von diesem beständigen Geschrei, Hun-

ger, Dunst und Gestank schon ganz zerquält war, der diese Armut schon haßte und verachtete, der sich vor Frau und Tochter seines Vaters und seiner Mutter schämte, ließ die Beine vom Ofen herabhängen und sagte gereizt und mit weinerlicher Stimme, zur Mutter gewandt: »Ihr dürft sie nicht schlagen! Ihr habt nicht das geringste Recht, sie zu schlagen!«
»Nun, krepiere du da auf deinem Ofen, du Jämmerling!« schrie ihn Fjokla wütend an. »Der Teufel hat euch unnütze Fresser hierher gebracht!«
Ssascha und Motjka und alle Mädchen, so viele ihrer waren, drängten sich am Ofen in die Ecke hinter Nikolais Rücken und hörten von da schweigend, entsetzt alles an, und man konnte hören, wie ihre kleinen Herzen klopften. Wenn in einer Familie ein Kranker lebt, der schon lange und hoffnungslos krank ist, gibt es solche schweren Augenblicke, da alle ihm Nahestehenden schüchtern, heimlich, in der Tiefe ihres Herzens seinen Tod wünschen; und nur die Kinder fürchten den Tod des Anverwandten und empfinden beim Gedanken daran Schrecken. Auch jetzt sahen die kleinen Mädchen mit angehaltenem Atem und traurigen Gesichtern Nikolai an und dachten daran, daß er bald sterben würde, und sie verlangen danach, zu weinen und ihm etwas Freundliches und Mitleidvolles zu sagen.
Er drückte sich an Olga, als suche er bei ihr Schutz, und sagte zu ihr leise, mit zitternder Stimme: »Olja, liebe, ich kann hier nicht länger bleiben. Es ist über meine Kraft. Um Gottes willen, schreibe an deine Schwester Klawdija Abramowa, sie möge alles verkaufen und versetzen, was sie hat und Geld schicken, damit wir von

hier wegfahren können. O Gott«, fuhr er vergrämt fort, »wenn ich nur einen Blick noch auf Moskau werfen könnte! Wenn ich es im Traume sehen könnte, das Mütterchen!«

Und als der Abend hereinbrach, als es in der Hütte dunkel geworden war, da wurde es so trübselig, daß es schwer war, ein Wort zu sprechen. Ärgerlich weichte die Großmutter Roggenbrotrinden in einer Tasse auf und lutschte lange an ihnen, eine ganze Stunde lang. Marja, die die Kuh gemolken hatte, brachte den Eimer mit der Milch und stellte ihn auf die Bank; dann goß die Großmutter die Milch aus dem Eimer in Krüge um, auch lange und langsam, sichtlich zufrieden, daß jetzt, zur Zeit der Mariä Himmelfahrtsfasten, niemand Milch trinken dürfe und sie daher unberührt bleiben würde. Und nur ein wenig, ein ganz klein wenig, goß sie in eine Untertasse für Fjoklas Kindchen ab. Als sie und Marja die Krüge in den Keller brachten, lebte Motjka plötzlich auf, kroch vom Ofen herab, ging an die Bank, auf der die Holztasse mit den Brotrinden stand, und goß etwas Milch aus der Untertasse in sie hinein.

Nachdem die Großmutter in die Stube zurückgekehrt war, machte sie sich wieder an ihre Brotrinden, und Ssascha und Motjka, die auf dem Ofen saßen, sahen ihr zu und freuten sich, daß sie die Fasten gebrochen habe und nun in die Hölle kommen werde. Sie hatten sich beruhigt und legten sich schlafen, und im Einschlafen stellte sich Ssascha das Jüngste Gericht vor: ein großer Ofen nach Art eines Töpferofens brannte, und ein Teufel mit Hörnern wie eine Kuh, ganz schwarz, trieb die

Großmutter mit einem langen Stock ins Feuer, so wie sie heute selbst die Gänse getrieben hatte.

V

Zu Mariä Himmelfahrt, nach zehn Uhr abends, erhoben die Mädchen und Burschen, die sich unten auf der Wiese herumtummelten, plötzlich Geschrei und Geheul und liefen in Richtung auf das Dorf zu; und die, die oben am Rande des Abhanges saßen, begriffen zunächst gar nicht, was das bedeutete.

»Feuer! Feuer!« ertönte unten ein verzweifelter Schrei. »Es brennt!«

Die Leute, die oben saßen, sahen sich um, und ein schreckliches, ungewöhnliches Bild bot sich ihnen dar. Über dem Strohdach einer der letzten Bauernhütten stand eine ein Klafter hohe Feuersäule, die emporwirbelte und nach allen Seiten wie eine Fontäne Funken versprühte. Und sofort begann das ganze Dach lichterloh zu brennen, und das Knistern des Feuers war zu hören.

Das Mondlicht erlosch, und das ganze Dorf war schon von rotem, zitterndem Licht überflutet; über die Erde zogen schwarze Schatten, Brandgeruch verbreitete sich; und die, die von unten heraufgelaufen kamen, waren alle außer Atem, konnten vor Zittern nicht sprechen, stießen sich gegenseitig an, fielen hin, und da sie an das grelle Licht nicht gewöhnt waren, sahen sie schlecht und erkannten einander nicht. Es war schrecklich. Besonders schrecklich war es, daß über dem Feuer im Rauch die Tauben herumflatterten, und man im Wirtshaus, wo man von dem Brand noch nichts wußte,

zu singen und Harmonika zu spielen fortfuhr, als ob nichts geschehen wäre.

»Bei Onkel Ssemjon brennt es!« rief jemand mit lauter, rauher Stimme.

Marja lief weinend, händeringend, zähneklappernd um ihr Haus herum, obwohl die Feuersbrunst weit entfernt, am andern Dorfende war; Nikolai stapfte in Filzstiefeln heraus, die Kinder kamen in ihren Hemdchen eins nach dem andern herausgelaufen. Bei der Hütte des Polizeiaufsehers wurde an das Eisenbrett geschlagen. »Bem, bem, bem...« ertönte es in der Luft, und von diesem unaufhörlich wiederholten Ton wurde das Herz bedrängt, und es wurde einem kalt. Die alten Weiber standen mit Heiligenbildern da. Aus den Höfen trieb man Schafe, Kälber und Kühe auf die Straße, trug Koffer, Schaffelle, Fässer heraus. Der Rapphengst, den man nicht in die Herde ließ, weil er ausschlug und die Pferde verwundete, rannte freigelassen, stampfend und wiehernd im Dorf einmal und noch einmal umher, blieb dann plötzlich bei einem Wagen stehen und begann, ihn mit den Hinterfüßen zu schlagen.

Man begann auch auf der andern Flußseite in der Kirche zu läuten.

Bei der brennenden Hütte war es heiß und so hell, daß auf der Erde jeder Grashalm deutlich zu sehen war. Auf einem der Koffer, die man hatte herausschleppen können, saß Ssemjon, ein rothaariger Bauer mit einer großen Nase, in einer tief bis über die Ohren gezogenen Mütze, in einem Jackett; seine Frau lag halb bewußtlos mit dem Gesicht auf der Erde und stöhnte. Ein achtzigjähriger, kleiner, einem Gnom ähnlicher Greis mit großem Bart, der nicht von hier war, aber augenscheinlich am Brande unmittelbar beteiligt war, ging ohne Mütze, mit einem weißen Bündelchen in den Händen dabei auf und ab; auf seiner Glatze spiegelte sich das Feuer. Der Starost Antip Ssedelnikow, von brauner Hautfarbe und schwarzhaarig wie ein Zigeuner, trat mit einem Beil an die Hütte heran und schlug, man wußte nicht wozu, die Fensterscheiben, eine nach der andern, ein und begann dann die Veranda zu zerschlagen.

»Weiber, Wasser!« rief er. »Die Feuerspritze her! Packt an!« Dieselben Bauern, die eben erst noch im Wirtshaus gezecht hatten, schleppten die Feuerlöschpumpe herbei. Sie alle waren betrunken, stolperten und fielen hin, auf ihren Gesichtern lag ein hilfloser Ausdruck, und Tränen standen in den Augen.

»Mädchen, Wasser!« rief der Starost, der auch betrunken war. »Greift zu, ihr Mädchen!«

Die Frauen und Mädchen liefen nach unten, wo die Quelle war, und schleppten Eimer und Kübel voll Wasser den Berg hinan, gossen es in die Spritze und liefen wieder hinunter. Auch Olga, Marja, Ssascha und Motjka schleppten Wasser herbei, Weiber und Knaben pumpten das Wasser, der Schlauch zischte, und der Starost, der ihn bald auf die Türe, bald auf die Fenster richtete, hielt mit dem Finger den Strahl zurück, wodurch er noch lauter zischte.

»Ein fixer Kerl, der Antip!« ließen sich anerkennende Stimmen vernehmen. »Nur los!«

Und Antip drang in den Flur ins Feuer hinein und rief von dort: »Pumpt! Strengt euch an, Rechtgläubige, helft bei einem solchen Unglück!«

Die Bauern standen daneben in einem Haufen, taten nichts und sahen sich das Feuer an. Niemand wußte, was er anfangen sollte, niemand verstand etwas, und ringsherum waren Getreide- und Heuhaufen, Schuppen, Haufen trockenen Reisigs. Auch Kirjak und der alte Ossip, sein Vater, standen da, beide angeheitert. Und der Alte sagte, als wolle er sein Nichtstun entschuldigen, zu der auf der Erde liegenden Frau: »Was härmst du dich so, Gevatterin! Die Hütte ist ja versichert – was hast du denn?«
Ssemjon, der sich bald an den einen, bald an den andern wandte, erzählte, wie der Brand entstanden sei: »Dieser selbe Alte mit dem Bündelchen ist vom Hofgesinde des Generals Shukow ... Er war bei unserm General – Gott hab ihn selig – Koch. Er kam abends und bat: ›Laß mich bei dir übernachten‹ ... Nun, natürlich tranken wir ein Gläschen zusammen ... Meine Alte machte sich mit dem Samowar zu schaffen, um den Alten mit Tee zu bewirten, und stellte zum Unglück den Samowar im Flur auf; die Funken aus der Röhre flogen aber gerade ins Dach, aufs Stroh, und so ist es gekommen. Beinahe wären wir selbst verbrannt; auch die Mütze des Alten ist verbrannt; so geschah das Unglück.«
Unermüdlich schlug man an die Eisenplatte, und häufig läutete man die Glocke in der Kirche über dem Fluß. Olga, ganz vom Licht übergossen, außer Atem, blickte voll Entsetzen die roten Schafe und die im Rauch herumfliegenden rosafarbenen Tauben an und lief bald nach unten, bald nach oben. Es schien ihr, daß dies Glockenläuten wie ein spitzer Stachel in ihr Herz dränge, daß der Brand nie ein Ende nehmen würde, daß Ssa-

scha verlorengegangen sei... Und als in der Hütte die Zimmerdecke krachend einstürzte, wurde ihr bei dem Gedanken, daß nun unbedingt das ganze Dorf abbrennen würde, ganz schwach, und sie konnte kein Wasser schleppen, sondern saß am Abhang, die Eimer neben sich; neben ihr und unter ihr saßen die Bauernweiber und heulten wie um einen Verstorbenen.

Doch da kamen von jenseits des Flusses aus dem Herrenhof die Gutsaufseher und Knechte mit zwei Wagen gefahren und brachten eine Feuerspritze mit. Es kam auch ein sehr jugendlicher Student in weißer, aufgeknöpfter Bluse. Man begann mit den Äxten zu klopfen, stellte an das brennende Balkengebinde eine Leiter an, auf der fünf Mann auf einmal hinaufkletterten, allen voran der Student, der rot im Gesicht war und mit schriller, heiserer Stimme und in einem Ton schrie, als ob das Feuerlöschen für ihn etwas Alltägliches sei. Man nahm die Hütte balkenweise auseinander, riß auch den Stall, den Zaun und den nächstliegenden Schober auseinander.

»Laßt es nicht abbrechen!« ertönten in der Menge gebieterische Stimmen. »Laßt es nicht zu!«

Kirjak ging mit entschlossener Miene auf die Hütte zu, als ob er den Fremden das Abbrechen verwehren wollte, aber einer der Knechte drehte sich um und gab ihm einen Schlag in den Nacken. Man hörte Gelächter, der Knecht schlug noch einmal, Kirjak stürzte hin und kroch auf allen vieren in die Menge zurück.

Vom andern Ufer waren noch zwei hübsche junge Mädchen in Hüten gekommen, die Schwestern des Studenten. Sie standen etwas abseits und sahen sich den

Brand an. Die auseinandergeschleppten Balken brannten schon nicht mehr, rauchten aber stark; der mit dem Schlauch arbeitende Student richtete den Wasserstrahl bald auf die Balken, bald auf die Bauern, bald auf die Bauernweiber, die das Wasser herbeischleppten.

»George!« riefen ihm vorwurfsvoll und beunruhigt die Mädchen zu. »George!«

Das Feuer war gelöscht. Und erst als man auseinanderzugehen begann, bemerkte man, daß die Morgenröte schon da war, daß alle fahl und etwas dunkel aussahen, wie das immer am frühen Morgen scheint, wenn am Himmel die letzten Sterne verblassen. Auseinandergehend lachten und spotteten die Bauern über den Koch des Generals Shukow und seine verbrannte Mütze; sie hätten jetzt am liebsten aus der Feuersbrunst einen Scherz gemacht, und sie bedauerten sogar beinahe, daß sie so schnell zu Ende gegangen war.

»Sie haben gut gelöscht, gnädiger Herr«, sagte Olga zum Studenten. »Sie müßten zu uns nach Moskau kommen; dort gibt es fast jeden Tag einen Brand.«

»Sind Sie denn aus Moskau?« fragte eines der Mädchen.

»Jawohl. Mein Mann war im ›Slawischen Basar‹ angestellt. Und dies ist meine Tochter.« Sie zeigte auf Ssascha, die durchfroren war und sich an sie schmiegte. »Sie ist auch Moskauerin.«

Die beiden Mädchen sagten etwas auf Französisch zum Studenten, und er gab Ssascha ein Zwanzigkopekenstück. Der alte Ossip sah das, und in seinem Gesicht leuchtete auf einmal eine Hoffnung auf.

»Gott sei Dank, Euer Hochwohlgeboren, war heute kein Wind«, sagte er, zum Studenten gewandt, »sonst wären wir alle in einer Stunde abgebrannt. Euer Hochwohlgeboren, gnädige Herrschaften«, fügte er verwirrt einen Ton tiefer hinzu, »in der Morgenfrühe ist es kalt, man müßte sich erwärmen... von Euer Gnaden etwas für ein halbes Fläschchen...«

Aber man gab ihm nichts, und sich räuspernd ging er nach Hause. Olga stand noch lange am Rande des Abhanges und sah zu, wie die beiden Wagen durch die Furt hindurchfuhren, und wie die Herrschaften über die Wiese gingen; jenseits des Flusses wartete eine Kutsche auf sie. Nach Hause gekommen, erzählte sie entzückt ihrem Mann davon.

»Und wie gut sie sind! Und wie schön sie sind! Und die Fräuleins sind wie die Cherubim.«

»Meinetwegen mögen sie platzen!« brummte wütend die schläfrige Fjokla.

VI

Marja hielt sich für unglücklich und pflegte zu sagen, daß sie sehnlichst zu sterben wünsche; Fjokla dagegen gefiel diese ganze Lebensweise: die Armut und Unsauberkeit und das unaufhörliche Geschimpfe. Sie aß, was man ihr gab, ohne viel zu wählen; sie schlief, wo und worauf es möglich war; das Spülicht goß sie gleich neben der Veranda aus: sie schüttete es von der Schwelle her aus und watete dann noch mit nackten Füßen durch die Pfütze. Und vom ersten Tage an haßte sie Olga und Nikolai eben darum, weil ihnen dieses Leben nicht gefiel. »Ich will mal sehen, was ihr hier essen werdet, ihr Moskauer Edelleute!« sagte sie schadenfroh. »Ich will mal sehen!«

Eines Morgens – es war schon Anfang September – brachte Fjokla von unten zwei Eimer Wasser herauf, rosa von der Kälte, gesund und schön; gerade saßen Marja und Olga am Tisch und tranken Tee.

»Tee und Zucker!« sagte Fjokla spöttisch. »Was für feine Damen«, fügte sie hinzu, die Eimer hinstellend, »haben die Mode eingeführt, jeden Tag Tee zu trinken. Seht nur zu, daß ihr vom Teetrinken nicht platzt!« fuhr sie fort und sah haßerfüllt Olga an. »Hast in Moskau durch Faulenzen eine dicke Schnauze bekommen, du Dickwanst!«

Sie holte mit dem Schulterjoch aus und schlug Olga über die Schulter, so daß beide Schwägerinnen nur die Hände zusammenschlugen und ausriefen: »Ach, du lieber Gott!«

Dann ging Fjokla zum Fluß hinab, Wäsche zu waschen, und schimpfte den ganzen Weg über so laut, daß es in der Hütte zu hören war.

Der Tag verging. Der lange Herbstabend brach herein. In der Hütte wickelte man Seide auf; alle außer Fjokla wickelten: sie war über den Fluß gegangen. Die Seide holte man aus der nahen Fabrik, und die ganze Familie verdiente damit nicht viel – an die zwanzig Kopeken in der Woche.

»Unter der Leibeigenschaft war es besser«, sagte der Alte, die Seide wickelnd. »Man arbeitet und ißt und schläft, alles zu seiner Zeit. Zu Mittag hat man Kohlsuppe und Buchweizengrütze, zu Abend auch Kohlsuppe und Grütze. Gurken und Kohl gab es nach

Herzenlust: iß ungeniert, soviel du magst. Auch war das Leben strenger. Jeder nahm sich zusammen.«
Es leuchtete nur ein Lämpchen, das trübe brannte und räucherte. Wenn jemand sich vor die Lampe stellte und ein großer Schatten auf das Fenster fiel, war der helle Mondschein zu sehen. Der alte Ossip erzählte gemächlich davon, wie man vor der Befreiung lebte, wie man in dieser selben Gegend, wo jetzt das Leben so langweilig und armselig sei, mit Hetzhunden, Windhunden, Pleskauern jagte, und während der Treibjagden die Bauern mit Schnaps bewirtet wurden, wie ganze Fuhren mit geschossenen Vögeln für die jungen Herrschaften nach Moskau gingen; wie man die Schlechten mit Ruten züchtigte oder nach dem Twerschen Erbgut verschickte, die Guten aber belohnte.
Und auch die Großmutter erzählte dies und das. Sie besann sich noch auf alles, wirklich auf alles. Sie erzählte von ihrer Herrin, einer guten, gottesfürchtigen Frau, deren Mann ein wüstes und lasterhaftes Leben führte, und deren sämtliche Töchter eine nach der andern geheiratet hatten. Gott weiß wie: die eine heiratete einen Trunkenbold, die zweite einen Kleinbürger, die dritte entführte man heimlich (Großmutter selbst, damals noch Mädchen, half bei der Entführung mit), und sie alle waren dann rasch vor Kummer gestorben, wie auch ihre Mutter. Und bei der Erinnerung daran schluchzte Großmutter sogar auf.
Plötzlich klopfte jemand an die Türe, und alle fuhren zusammen.
»Onkel Ossip, laß mich übernachten!«
Es trat ein kleiner, kahlköpfiger Greis ein, der Koch des

Generals Shukow, derselbe, dessen Mütze verbrannt war. Er setzte sich, hörte zu und begann auch aus der Erinnerung verschiedene Geschichten zu erzählen. Nikolai, der auf dem Ofen saß und seine Beine herunterhängen ließ, hörte zu und fragte immer nach den Gerichten, die bei den Herrschaften zubereitet wurden. Sie sprachen von Klopsen, Koteletts, verschiedenen Suppen, Saucen, und der Koch, der sich auch gut an alles erinnerte, nannte Gerichte, die es jetzt nicht mehr gab. Da war zum Beispiel ein Gericht, das aus Ochsenaugen zubereitet und »Wenn man morgens aufwacht« genannt wurde.
»Und wurden damals Cotelettes Maréchal gemacht?« fragte Nikolai.
»Nein.«
Nikolai schüttelte mißbilligend den Kopf und sagte: »Ach, was wart ihr für armselige Köche!«
Die kleinen Mädchen, die auf dem Ofen saßen und lagen, blickten herunter mit offenen Augen; es sah aus, als wären es sehr viele – wie Cherubim in den Wolken. Die Erzählungen gefielen ihnen; sie seufzten, fuhren zusammen und erblaßten bald vor Entzücken, bald vor Furcht, und der Großmutter, die am interessantesten erzählte, hörten sie mit angehaltenem Atem zu und fürchteten, sich zu rühren.
Man ging schweigend zu Bett; und die Alten, durch die Erzählungen erregt und gerührt, dachten daran, wie schön doch die Jugend sei, von der, wie sie auch gewesen sein mochte, in der Erinnerung nur Lebendiges, Freudiges, Rührendes zurückbleibe und wie schauerlich kalt der Tod sei, der nicht mehr lange warte, und an

den man lieber nicht denke! Das Lämpchen erlosch. Und die Finsternis und die beiden grell vom Monde beleuchteten Fensterchen und die Stille und das Knarren der Wiege erinnerten irgendwie nur daran, daß das Leben schon vergangen sei, daß man es nicht mehr zurücklenken könne... Man schläft ein, man vergißt sich, und plötzlich berührt jemand die Schulter, haucht die Wange an – und der Schlaf ist fort, der Körper wie gelähmt, und den Kopf erfüllen nur Gedanken an den Tod; man dreht sich auf die andere Seite – der Tod ist schon vergessen, aber durch den Kopf ziehen alte, langweilige und schwerlastende Gedanken an Not, an Viehfutter, daran, daß das Mehl teurer geworden ist, und nach einem Weilchen denkt man wieder daran, daß das Leben ja schon vergangen ist und man es nicht zurückbringen kann...

»O Herrgott!« seufzte der Koch.

Jemand klopfte leise, leise ans Fenster. Wahrscheinlich kehrte Fjokla zurück. Olga stand auf und öffnete gähnend, ein Gebet flüsternd, die Tür und schob dann den Riegel zurück. Aber niemand trat ein, nur Kälte wehte von der Straße herein, und es wurde plötzlich hell vom Mond. Durch die geöffnete Türe konnte man die stille und öde Straße sehen und den Mond, der am Himmel dahinzog.

»Wer ist da?« rief Olga.

»Ich«, ertönte die Antwort. »Ich bin es.«

An der Türe, an die Wand gedrückt, stand Fjokla, völlig nackt. Sie zitterte vor Kälte, klapperte mit den Zähnen und erschien beim hellen Mondlicht sehr bleich, schön und seltsam. Ihre Schatten und der Glanz des Mondes auf ihrer Haut fielen grell in die Augen, und besonders deutlich zeichneten sich ihre dunklen Augenbrauen und die junge, kräftige Brust ab.

»Auf dem andern Ufer haben mich die Schufte ausgezogen und so losgelassen...«, sagte sie. »Ich bin ohne Kleidung nach Hause gelaufen... so wie mich die Mutter geboren hat. Gib mir etwas.«

»Komm in die Hütte!« sagte Olga leise, die ebenfalls zu zittern begann.

»Daß es nur die Alten nicht sehen.«

Tatsächlich wurde die Großmutter schon unruhig und brummte, und der Alte fragte: »Wer ist da?« Olga brachte ihr Hemd und ihren Rock, zog Fjokla an, und dann traten beide leise in die Stube, bemüht, nicht mit den Türen zu schlagen.

»Bist du es, Herumtreiberin?« brummte ärgerlich die Großmutter, die erriet, wer es war. »Die Mitternachtsfrau soll dich holen...«

»Es macht nichts, macht nichts«, flüsterte Olga und hüllte Fjokla ein, »macht nichts, meine Liebe.«

Wieder wurde es still. In der Stube schlief man immer schlecht; jeden hinderte etwas Aufdringliches, Lästiges am Schlaf: den Alten Schmerzen im Rücken, die Großmutter Sorgen und Bosheit, Marja die Angst, die Kinder Krätze und Hunger. Auch jetzt war der Schlaf sehr unruhig: man drehte sich immerzu von einer Seite auf die andere, redete im Traum, stand auf, um Wasser zu trinken.

Plötzlich heulte Fjokla laut, mit rauher Stimme auf, beherrschte sich aber sofort und schluchzte nur bisweilen, immer leiser und dumpfer, bis sie ganz verstummte.

Von Zeit zu Zeit tönte von der andern Seite des Flusses das Schlagen der Uhr herüber; aber die Uhr schlug seltsam: zuerst fünf, dann drei.

»Oh, Herrgott«, seufzte der Koch.

Wenn man die Fenster ansah, war es schwer zu erkennen, ob noch immer der Mond schien oder ob das schon die Morgendämmerung war. Marja stand auf und ging hinaus, man konnte hören, wie sie auf dem Hof die Kuh molk und sagte: »Ste-eh!« Auch die Großmutter ging hinaus. Es war noch dunkel in der Stube, aber alle Gegenstände waren schon erkennbar.

Nikolai, der die ganze Nacht nicht geschlafen hatte, kroch vom Ofen herab. Er holte aus dem grünen Köfferchen seinen Frack heraus, zog ihn an, trat an das Fenster, strich die Ärmel glatt, nahm die Frackschöße auseinander und lächelte. Dann zog er vorsichtig den Frack aus, verwahrte ihn im Koffer und legte sich wieder hin.

Marja kehrte zurück und begann den Ofen zu heizen. Sie war offenbar noch nicht ganz aus dem Schlaf aufgewacht und wurde erst jetzt im Gehen allmählich munter. Wahrscheinlich hatte sie etwas geträumt oder die gestrigen Erzählungen fielen ihr ein, weil sie sich süß vor dem Ofen dehnte und sagte: »Nein, die Freiheit ist doch besser.«

VII

Der gnädige Herr war gekommen – so nannte man im Dorf den Landpolizeimeister. Wann und wozu er kommen würde, war eine Woche vorher bekannt geworden. In Shukowo gab es nur vierzig Höfe, aber die

Summe der rückständigen Staats- und Landschaftssteuern betrug mehr als zweitausend Rubel.
Der Polizeimeister stieg im Wirtshaus ab; er »genoß« hier zwei Glas Tee und begab sich dann zu Fuß zum Haus des Starosten, vor dem ihn bereits die Menge der rückständigen Steuerzahler erwartete. Der Starost Antip Ssedelnikow war trotz seiner Jugend – er war erst etwas über dreißig Jahre alt – streng und stand immer auf seiten der vorgesetzten Behörde, obwohl er selbst arm war und die Steuern unpünktlich bezahlte. Es gefiel ihm offenbar, daß er Starost war, und das Bewußtsein seiner Macht, die er nicht anders als durch Strenge zu zeigen verstand, sagte ihm zu. In der Dorfversammlung fürchtete man ihn und gehorchte ihm; es kam vor, daß er auf der Straße oder beim Wirtshaus plötzlich über einen Betrunkenen herfiel, ihm die Hände auf dem Rücken zusammenband und ihn ins Arrestlokal sperrte. Einst hatte er sogar die Großmutter ins Arrestlokal gesperrt und sie dort ganze vierundzwanzig Stunden sitzen lassen, weil sie an Stelle Ossips in die Dorfversammlung gekommen war und zu schimpfen begonnen hatte. In der Stadt hatte er nie gelebt und niemals Bücher gelesen, aber irgendwo hatte er verschiedene kluge Ausdrücke aufgeschnappt und liebte es, sie im Gespräch zu verwenden, daher achtete man ihn, wenn man ihn auch nicht immer verstand.
Als Ossip mit seinem Steuerbuch in das Haus des Starosten trat, saß der Polizeimeister, ein hagerer alter Mann mit langem grauem Backenbart, in grauer Tushurka, am Tisch auf dem Ehrenplatz und trug etwas ein. In der Hütte war es sauber, alle Wände waren mit

Bildern geschmückt, die aus Zeitschriften ausgeschnitten waren, und an der sichtbarsten Stelle neben den Heiligenbildern hing das Porträt Battenbergs, des früheren Fürsten von Bulgarien. Neben dem Tisch stand mit verschränkten Armen Antip Ssedelnikow.

»Dieser, Euer Hochwohlgeboren, schuldet hundertneunzehn Rubel«, sagte er, als an Ossip die Reihe kam. »Seit er vor Ostern einen Rubel gab, hat er keine Kopeke mehr gezahlt.«

Der Polizeimeister sah zu Ossip empor und fragte: »Wie kommt das denn, mein Bester?«

»Seien Sie um Gottes willen so gnädig, Euer Hochwohlgeboren«, fing Ossip erregt an, »erlauben Sie zu sagen: im vorigen Jahre sagte mir der Ljutoretzkische gnädige Herr: ›Ossip, verkauf dein Heu... Du, sagt er, verkauf es‹. Warum denn nicht! Ich hatte an hundert Pud zum Verkauf, die Weiber hatten es in der Niederung gemäht... Nun, wir wurden uns um den Preis einig... Alles war gut und freiwillig...«

Er klagte über den Starosten und wandte sich immerfort nach den Bauern um, als riefe er sie zu Zeugen an; sein Gesicht war rot geworden und schwitzte, und sein Blick wurde scharf und böse.

»Ich verstehe nicht, warum du dies alles erzählst«, sagte der Polizeimeister. »Ich frage dich, warum du die rückständigen Steuern nicht zahlst? Ihr alle zahlt nicht, und ich trage für euch die Verantwortung.«

»Es ist mir nicht möglich.«

»Diese Worte sind belanglos, Euer Hochwohlgeboren«, sagte der Starost. »In der Tat gehören die Tschildejews zur bedürftigsten Klasse, aber – belieben Sie die übrigen zu fragen – der Hauptgrund ist der Schnaps, es sind ganz liederliche Leute. Ohne jedes Verständnis.«

Der Polizeimeister notierte sich etwas und sagte dann zu Ossip ruhig und in gleichmäßigem Tonfall, als bäte er um Wasser: »Mach, daß du hinauskommst.«

Er fuhr bald fort, und als er sich in seinen billigen Tarantas setzte und hustete, konnte man sogar am Ausdruck seines langen hageren Rückens erkennen, daß er sich schon nicht mehr an Ossip und den Starosten und die rückständigen Steuern in Shukowo erinnerte, sondern an seine eigenen Dinge dachte. Er war noch nicht eine Werst weit gefahren, als Antip Ssedelnikow aus dem Hause der Tschikildejews den Samowar schon heraustrug; aber ihm folgte die Großmutter nach und schrie kreischend und die Brust anstrengend: »Ich gebe ihn nicht her! Ich gebe ihn dir nicht, du Schuft!«

Er ging rasch und machte große Schritte, sie aber, bucklig, wild, außer Atem, stürzte, beinahe hinfallend, hinter ihm her; ihr Kopftuch war auf die Schultern gerutscht, die grauen, grünlich schimmernden Haare flatterten im Winde. Plötzlich blieb sie stehen, und wie eine wirkliche Empörerin begann sie ihre Brust mit den Fäusten zu schlagen und noch lauter, mit singender Stimme und wie schluchzend zu rufen: »Ihr Rechtgläubigen, die ihr an Gott glaubt! Meine Lieben, man hat mir Leid zugefügt! Ihr Teuren, man hat mich ausgeplündert! Ach, ach, ihr Lieben, tretet für mich ein!«

»Großmutter, Großmutter«, sagte streng der Starost, »nimm Vernunft an!«

Ohne Samowar wurde es im Hause der Tschikildejews

ganz trübselig. Es lag in diesem Verlust etwas Erniedrigendes und Beleidigendes, als hätte man dem Hause plötzlich die Ehre geraubt. Besser wäre es gewesen, wenn der Starost den Tisch, alle Bänke, alle Töpfe genommen hätte – es hätte nicht so öde ausgesehen. Die Großmutter schrie, Marja weinte, und die kleinen Mädchen weinten auch, ihrem Beispiel folgend. Der Alte, der sich schuldig fühlte, saß düster in der Ecke und schwieg. Auch Nikolai schwieg. Die Großmutter liebte und bemitleidete ihn, aber jetzt vergaß sie ihr Mitleid, fiel plötzlich mit Schimpfworten und Vorwürfen über ihn her, indem sie ihm die Fäuste unmittelbar vors Gesicht hielt. Sie schrie, daß er an allem schuld sei; in der Tat, warum hatte er so wenig Geld geschickt, wenn er selbst in seinen Briefen prahlte, daß er im »Slawischen Basar« fünfzig Rubel im Monat verdiente? Warum kam er hierher und noch dazu mit seiner Familie? Wenn er stirbt, mit wessen Geld soll man ihn beerdigen? . . . Und es tat einem weh, Nikolai, Olga und Ssascha anzusehen.

Der Alte räusperte sich, nahm seine Mütze und ging zum Starosten. Es dunkelte bereits. Antip Ssedelnikow lötete etwas vor dem Ofen, wobei er die Wangen aufblies; es roch nach Ofendunst. Seine Kinder, mager, ungewaschen, nicht besser als die der Tschikildejews, krochen auf dem Fußboden herum; seine häßliche, sommersprossige Frau mit einem dicken Bauch wickelte Seide. Es war eine unglückliche, arme Familie, und nur Antip sah fesch und schmuck aus. Auf der Bank standen in einer Reihe fünf Samoware. Der Alte betete vor Battenberg und sagte: »Antip, erweise um Gottes willen die Gnade, gib den Samowar zurück! Um Christi willen!«

»Bring drei Rubel, dann bekommst du ihn.«

»Es ist mir nicht möglich!«

Antip blies die Wangen auf, das Feuer knisterte und zischte und spiegelte sich in den Samowaren. Der Alte knautschte seine Mütze und sagte nach einigem Nachdenken: »Gib ihn zurück!«

Der brünette Starost sah jetzt ganz schwarz aus und glich einem Hexenmeister; er wandte sich zu Ossip um und sagte rasch und schnell: »Vom Landeshauptmann hängt alles ab. In der Sitzung der Verwaltung am sechsundzwanzigsten dieses Monats kannst du mündlich oder schriftlich den Grund zu deiner Beschwerde vorbringen.«

Ossip begriff nichts, war aber doch dadurch befriedigt und ging nach Hause.

Nach etwa zehn Tagen kam der Polizeimeister wieder, blieb eine Stunde und fuhr fort. In diesen Tagen herrschte windiges, kaltes Wetter; der Fluß war schon lange zugefroren, aber es kam kein Schnee, und die Leute quälten sich ab, da kein Fahrweg war. An einem Feiertag kurz vor dem Abend kamen einige Nachbarn zu Ossip, um ein wenig bei ihm zu sitzen und zu plaudern. Man unterhielt sich in der Dunkelheit, denn es wäre sündhaft gewesen, zu arbeiten, und Licht zündete man nicht an. Es gab verschiedene, ziemlich unerfreuliche Neuigkeiten. So hatte man in zwei, drei Häusern für die Steuerrückstände die Hühner gepfändet und sie zur Gemeindeverwaltung gebracht, und dort waren sie krepiert, weil niemand sie fütterte; man pfändete Scha-

fe, und während man sie mit gebundenen Füßen transportierte, indem man sie in jedem Dorf auf neue Wagen umlud, war eins krepiert. Und jetzt suchten sie die Frage zu lösen, wer daran schuld sei.
»Die Landschaft!« sagte Ossip. »Wer sonst!«
»Natürlich die Landschaft.«
Die Landschaft war an allem schuld, an den rückständigen Steuern, an den Bedrückungen, an den Mißernten – obwohl niemand recht wußte, was das Wort »Landschaft« bedeutete. Und das war, seitdem einige Bauern, die eigene Fabriken, Läden und Gasthäuser besaßen, Landschaftsabgeordnete waren und sich unbefriedigt fühlten, in ihren Fabriken und Wirtshäusern über die Landschaft zu schimpfen begannen.
Man sprach auch darüber, daß Gott keinen Schnee gäbe: das Holz muß eingebracht werden, und auf den holprigen Wegen kann man weder fahren noch gehen. Einst vor fünfzehn, zwanzig Jahren und noch früher waren die Gespräche in Shukowo bei weitem interessanter. Damals sah jeder alte Bauer so aus, als ob er irgendein Geheimnis bewahrte, etwas wüßte und etwas erwartete; man sprach von der Urkunde mit goldenem Siegel, von Landverteilungen, neuen Ländereien und von Schätzen und machte geheimnisvolle Andeutungen. Jetzt aber gab es bei den Shukower Bauern gar keine Geheimnisse, ihr ganzes Leben lag völlig offen vor aller Augen da, und sie konnten nur über Not und Viehfutter sprechen und darüber, daß es keinen Schnee gäbe...
Dann schwieg man eine Weile. Und wieder dachten sie

an die Hühner und die Schafe und versuchten zu entscheiden, wer daran schuld sei.
»Die Landschaft!« sagte trübsinnig Ossip. »Wer denn sonst!«

VIII

Die Pfarrkirche befand sich sechs Werst entfernt in Kossogorowo, und man besuchte sie nur notgedrungen, wenn jemand zu taufen, zu trauen oder zu beerdigen war; zur Andacht aber ging man über den Fluß. An Feiertagen, bei gutem Wetter, zogen sich die Mädchen festlich an und gingen dann in einer Schar zur Messe, und es war ein fröhlicher Anblick, wie sie in ihren roten, gelben und grünen Kleidern über die Wiese zogen; bei schlechtem Wetter aber blieben alle zu Hause. Das Abendmahl nahm man in der Pfarrkirche. Von denen, die in den Großen Fasten nicht zum Abendmahl gekommen waren, nahm der Priester, wenn er in der Osterwoche die Bauernhütten mit dem Kreuz aufsuchte, fünfzehn Kopeken.
Der Alte glaubte nicht an Gott, weil er fast niemals an ihn dachte; er erkannte ein Übernatürliches an, glaubte aber, daß das nur die Weiber anginge, und wenn man in seiner Gegenwart von Religion oder Wunderbarem sprach und man an ihn eine Frage richtete, so sagte er widerwillig, sich den Kopf kratzend: »Wer kann das denn wissen?«
Die Großmutter war gläubig, aber in einer dumpfen Weise; in ihrem Gedächtnis hatte sich alles durcheinandergemengt, und kaum begann sie an die Sünden, an den Tod, an die Erlösung der Seele zu denken, als die

Not und die Sorgen ihr ganzes Sinnen ergriffen, und sie sofort alles andere, woran sie gedacht hatte, zu vergessen pflegte. An Gebete erinnerte sie sich nicht, und abends, gewöhnlich wenn es Zeit zum Schlafengehen war, stellte sie sich vor die Heiligenbilder und flüsterte: »Der Kasanschen Gottesmutter, der Smolensker, der Dreihändigen Gottesmutter...«

Marja und Fjokla bekreuzigten sich, gingen alljährlich zum Abendmahl, begriffen aber nichts. Den Kindern brachten sie das Beten nicht bei, sagten ihnen nichts von Gott, lehrten sie keine Sittenregeln und verboten ihnen nur, zur Fastenzeit Verbotenes zu essen. In den übrigen Familien war es fast ein und dasselbe: selten, daß jemand gläubig war, selten, daß jemand etwas verstand. Dabei aber liebten alle die Heilige Schrift, liebten sie zärtlich und ehrfurchtsvoll, es gab aber keine Bücher, niemand hätte sie lesen und erläutern können, und weil Olga bisweilen das Evangelium las, achtete man sie, und alle sagten zu ihr und Ssascha: »Sie.«

Olga besuchte häufig zu den Kirchenfesten und Dankgottesdiensten die benachbarten Dörfer und die Kreisstadt, in der es zwei Klöster und siebenundzwanzig Kirchen gab. Sie war zerstreut, und während ihrer Pilgergänge vergaß sie völlig ihre Familie, und nur, wenn sie nach Hause zurückkehrte, machte sie auf einmal die freudige Entdeckung, daß sie einen Mann und eine Tochter habe, und dann sagte sie lächelnd und strahlend: »Gott ist mir gnädig gewesen!«

Das, was im Dorf vor sich ging, schien ihr abscheulich und quälte sie. Am Eliastage wurde getrunken, zu Mariä Himmelfahrt wurde getrunken, zum Kreuzerhöhungstage wurde getrunken. Zu Mariä Schutz und Fürbitte war in Shukowo das Pfarreikirchenfest, und aus diesem Anlaß tranken die Bauern drei Tage lang; sie vertranken fünfzig Rubel von den öffentlichen Geldern und sammelten dann noch von allen Höfen für Schnaps ein. Am ersten Tage schlachtete man bei den Tschikildejews einen Hammel und aß von ihm am Morgen, zu Mittag und abends, aß reichlich, und noch in der Nacht standen die Kinder auf, um etwas zu essen. Kirjak war alle drei Tage über furchtbar betrunken, er vertrank alles, sogar Mütze und Stiefel, und prügelte Marja so, daß man sie mit Wasser begoß, um sie wieder zu Bewußtsein zu bringen. Danach aber empfanden alle Scham und Ekel.

Übrigens auch in Shukowo, in diesem »Lakaiendorf«, fand einmal eine richtige religiöse Festlichkeit statt. Es war im August, als man im ganzen Kreise, von Dorf zu Dorf, die »Lebenspendende« herumtrug. An dem Tage, an dem man sie in Shukowo erwartete, war das Wetter still und trübe. Die Mädchen waren schon am Morgen in ihren bunten Festkleidern dem Heiligenbilde entgegengegangen und brachten es gegen Abend in Prozession und mit Gesang herbei, und zu der Zeit läutete man jenseits des Flusses die Kirchenglocken. Eine riesige Volksmenge Einheimischer und Fremder versperrte die Straße; Lärm, Staub, Gedränge. Der Alte, die Großmutter und Kirjak, alle streckten die Arme dem Heiligenbilde entgegen, blickten es gierig an und sagten weinend: »Beschützerin, Mütterchen! Beschützerin!«

Es war, als begriffen alle plötzlich, daß es zwischen Erde

und Himmel nicht leer sei, daß die Reichen und Mächtigen noch nicht alles an sich gerissen hätten, daß es noch einen Schutz vor Kränkungen, sklavischer Unfreiheit, schwerer, unerträglicher Not und vor dem schrecklichen Schnaps gebe...

»Beschützerin, Mütterchen!« schluchzte Marja. »Mütterchen!«

Aber kaum war der Gottesdienst beendet und das Heiligenbild fortgetragen, da ging alles in alter Weise weiter, und wieder hörte man aus dem Wirtshaus die groben, betrunkenen Stimmen.

Den Tod fürchteten nur die reichen Bauern, die, je reicher sie wurden, um so weniger an Gott und die Erlösung der Seelen glaubten und nur aus Furcht vor dem Ende des Erdenlebens auf jeden Fall Kerzen aufstellten und Messen lesen ließen. Die ärmeren Bauern aber fürchteten den Tod nicht. Dem Alten und der Großmutter sagte man geradezu ins Gesicht, daß sie genug gelebt hätten, daß es für sie Zeit wäre zu sterben – und sie entgegneten nichts. Man genierte sich auch nicht, in Gegenwart von Nikolai zu Fjokla zu sagen, daß, wenn Nikolai sterbe, ihr Mann Denis Befreiung erhalte und vom Militärdienst nach Hause zurückkehren könne. Marja aber fürchtete nicht nur nicht den Tod, sondern bedauerte sogar, daß er so lange nicht komme, und sie freute sich, wenn ihre Kinder starben.

Vor dem Tode fürchtete man sich nicht, dafür aber verhielt man sich allen Krankheiten gegenüber mit übertriebener Furcht. Es genügte eine Kleinigkeit – eine Magenverstimmung, ein leichtes Frösteln, so legte sich die Großmutter schon auf den Ofen, wickelte sich ein und begann laut und unaufhörlich zu stöhnen: »Ich sterbe!« Der Alte holte eilends den Geistlichen, und der Großmutter gab man das Abendmahl und die Letzte Ölung. Sehr häufig sprach man über Erkältung, über Würmer und Geschwüre, die im Leib herumwandern und zum Herzen hinaufrollen. Am meisten fürchtete man sich vor Erkältungen, und deswegen zog man sich sogar im Sommer warm an und wärmte sich auf dem Ofen. Die Großmutter liebte es, sich behandeln zu lassen, und fuhr häufig ins Krankenhaus, wo sie sagte, daß sie nicht siebzig, sondern achtundfünfzig Jahre alt sei; sie meinte, daß, wenn der Arzt ihr wirkliches Alter erführe, er sie nicht kurieren, sondern sagen würde, daß es für sie an der Zeit sei, zu sterben und nicht sich behandeln zu lassen. Ins Krankenhaus fuhr sie gewöhnlich frühmorgens, wobei sie zwei oder drei der kleinen Mädchen mitnahm, und kehrte am Abend hungrig und verärgert zurück – mit Tropfen für sich und mit Salben für die Mädchen. Einmal brachte sie auch Nikolai hin, der danach zwei Wochen lang Tropfen nahm und behauptete, daß er sich besser fühle.

Die Großmutter kannte alle Ärzte, Feldschere und Kurpfuscher im Umkreis von dreißig Werst, und nicht einer gefiel ihr. Zu Mariä Schutz, wenn der Geistliche mit dem Kreuz von einer Bauernhütte zur andern geht, sagte ihr der Küster, daß in der Stadt neben dem Gefängnis ein alter Mann, ein früherer Militärfeldscher, wohne, der sehr gut kuriere, und er riet ihr, sich an ihn zu wenden. Die Großmutter folgte dem Rat. Als der erste Schnee fiel, fuhr sie in die Stadt und holte den alten Mann, einen langbärtigen, mit langschoßigem Rock ge-

kleideten getauften Juden, dessen ganzes Gesicht von blauen Äderchen durchzogen war. Gerade um diese Zeit arbeiteten in der Stube Tagelöhner: ein alter Schneider mit einer schrecklichen Brille schnitt aus Lumpen eine Weste zu und zwei junge Burschen walkten aus Wolle Filzstiefel; Kirjak, der wegen Trunksucht entlassen war und jetzt zu Hause wohnte, saß neben dem Schneider und besserte ein Kummet aus. In der Stube war es eng, schwül und stinkig. Der getaufte Jude besah Nikolai und sagte, es wäre nötig, Schröpfköpfe zu setzen.
Er setzte die Schröpfköpfe, und der alte Schneider, Kirjak und die Kinder standen herum und schauten zu, und sie glaubten zu sehen, wie die Krankheit aus Nikolai herauskam. Und auch Nikolai sah zu, wie die sich an die Brust ansaugenden Schröpfköpfe sich allmählich mit dunklem Blut füllten, und er fühlte, wie tatsächlich aus ihm etwas ausschied, und lächelte erfreut.
»Das ist gut«, sagte der Schneider. »Gebe Gott, daß es zum Nutzen sei.«
Der getaufte Jude setzte zwölf Schröpfköpfe und dann noch zwölf, trank reichlich Tee und fuhr fort. Nikolai begann zu zittern; sein Gesicht verfiel und schrumpfte, wie die Weiber sagten, zu einer Faust ein; seine Finger wurden blau. Er wickelte sich in die Decke und in den Schafpelz, aber es wurde ihm immer kälter. Gegen Abend überkam ihn tiefe Schwermut; er bat, man möge ihn auf den Fußboden legen, bat, der Schneider möge nicht rauchen – dann wurde er unter seinem Schafpelz still und starb gegen Morgen.

IX

Oh, was für ein rauher, was für ein langer Winter! Schon von Weihnachten ab hatte man kein eigenes Korn mehr und kaufte das Mehl. Kirjak, der jetzt zu Hause lebte, tobte des Abends und jagte allen Schrecken ein; am Morgen quälte er sich vor Kopfschmerz und Scham, und es tat einem weh, ihn anzusehen. Im Stall war Tag und Nacht das Brüllen der hungrigen Kuh zu hören, das der Großmutter und Marja das Herz zerriß. Und um das Maß voll zu machen, herrschten die ganze Zeit über starke Fröste, der Sturm wehte hohe Schneeberge auf, und der Winter zog sich in die Länge: am Mariä Verkündigungstage tobte ein richtiger Wintersturm, und in der Osterwoche fiel Schnee.

Jedoch schließlich ging der Winter zu Ende, Anfang April gab es warme Tage und kalte Nächte, der Winter wollte noch nicht weichen, aber ein warmer Tag gab endlich den Ausschlag – und die Bäche begannen zu fließen, die Vögel zu singen. Die ganze Wiese und die Sträucher am Fluß tauchten in den Frühlingswassern unter, und zwischen Shukowo und dem jenseitigen Ufer war der ganze Raum schon von einer riesigen Bucht eingenommen, auf der hie und da Scharen wilder Enten aufflatterten. Der flammende Frühlingssonnenuntergang mit seinen prachtvollen Wolken bot an jedem Abend ein ungewöhnliches, neues, unwahrscheinliches Schauspiel – ein Schauspiel, an das man nicht glaubt, wenn man diese Farben und Wolken auf einem Gemälde sieht.

Die Kraniche flogen schnell – schnell und schrien trau-

rig, als wollten sie einen mit sich fortlocken. Am Rande des Abhanges stehend, betrachtete Olga lange die Überschwemmung, die Sonne, die helle, wie verjüngte Kirche, und ihre Tränen strömten, und ihr Atem stockte, weil es sie leidenschaftlich verlangte, irgendwohin wegzugehen, wohin nur die Augen blicken können, und sei es ans Ende der Welt. Und es war auch bereits entschieden, daß sie wieder nach Moskau als Stubenmädchen gehen werde und mit ihr Kirjak, um Hausknecht oder irgend etwas anderes zu werden. Ach, könnte sie nur rascher fort!

Als es trocken und warm geworden war, machten sie sich auf den Weg. Olga und Ssascha, beide in Bastschuhen, mit Ranzen auf den Rücken, brachen auf, als es kaum hell war; auch Marja ging mit, um sie zu begleiten. Kirjak war nicht gesund und blieb noch eine Woche zu Hause. Olga betete noch zum letzten Male, zur Kirche gewandt, und dachte dabei an ihren Mann; aber sie weinte nicht, und nur ihr Gesicht wurde runzelig und unansehnlich, wie bei einer Alten. Im Laufe des Winters war sie mager und häßlich geworden und ein wenig ergraut, und an Stelle ihrer früheren Lieblichkeit und des gewinnenden Lächelns lag auf ihrem Gesicht der demütige, traurige Ausdruck des durchlebten Kummers und schon etwas Stumpfes und Unbewegliches in ihrem Blick, als hörte sie nicht. Es tat ihr leid, sich vom Dorf und von den Bauern trennen zu müssen. Sie dachte daran, wie man Nikolais Leiche getragen und vor jeder Bauernhütte eine Totenmesse bestellt hatte, und wie alle voll Mitgefühls mit ihrem Kummer geweint hatten. Während des Sommers und Winters hatte es Stunden und Tage gegeben, da es schien, daß diese Menschen schlechter als das Vieh lebten, und es war schrecklich, mit ihnen zusammenzuleben. Sie sind grob, unehrlich, schmutzig, trunksüchtig, sie leben in Uneinigkeit, zanken sich beständig, weil sie einander nicht achten, sich voreinander fürchten, gegeneinander Argwohn hegen. Wer hält die Schenke und verleitet das Volk zum Trunke? Der Bauer! Wer verschleudert und vertrinkt die Gemeinde-, Schul- und Kirchengelder? Der Bauer! Wer bestahl den Nachbarn, steckte sein Haus in Brand, leistete vor Gericht für eine Flasche Schnaps einen Meineid? Wer kämpft in den Landschafts- und andern Versammlungen als erster gegen die Bauern? Der Bauer! Ja, es war schrecklich, mit ihnen zusammenzuleben, aber immerhin sind sie Menschen; sie leiden und weinen wie Menschen, und in ihrem Leben gibt es nichts, wofür man nicht eine Entschuldigung hätte finden können. Die schwere Arbeit, von der in den Nächten der ganze Körper schmerzt, die harten Winter, die kargen Ernten, Beengtheit – und Hilfe gibt es nicht und ist nirgendwoher zu erwarten. Die, welche reicher und stärker als sie sind, können nicht helfen, weil sie selbst roh, unehrlich, trunksüchtig sind und ebenso abscheulich einander beschimpfen; der kleinste Beamte der Angestellte geht mit den Bauern wie mit Landstreichern um, duzt sogar die Gemeinde- und Kirchenvorsteher, da er glaubt, daß er dazu berechtigt ist. Und kann denn von gewinnsüchtigen, gierigen, unsittlichen, trägen Menschen, die nur darum ins Dorf kommen, um zu beleidigen, auszuplündern, einzuschüchtern irgendwelche Hilfe oder ein gutes Beispiel kommen? Olga erinnerte sich daran, wie traurig und bedrückt die Alten ausgesehen hatten, als man im Winter Kirjak abführte, um ihn mit Ruten zu züchtigen... Und jetzt tat es ihr leid und weh um alle diese Menschen, und während sie wanderte, blickte sie sich immerfort nach den Hütten um.

Nachdem sie sie etwa drei Werst begleitet hatte, verabschiedete sich Marja, dann sank sie auf die Knie und begann, das Gesicht zur Erde geneigt, zu heulen: »Wieder bin ich allein geblieben, ich arme, unglückliche...«

Und lange heulte sie so, und lange noch konnten Olga und Ssascha sehen, wie sie, auf den Knien liegend, mit den Händen an ihren Kopf fassend, immer sich vor jemandem verneigte – und über ihr flogen die Saatkrähen.

Die Sonne stieg hoch, es wurde heiß. Shukowo war weit hinten geblieben. Es war vergnüglich zu wandern, und Olga und Ssascha vergaßen rasch das Dorf und Marja, sie wurden fröhlich, und alles zerstreute sie. Bald ein Hünengrab, bald die Reihen der Telegraphenstangen, die eine nach der andern wer weiß wohin gehen und am Horizont in der Ferne verschwinden, während die Drähte geheimnisvoll tönen; bald kann man in der Ferne ein Einzelgehöftchen sehen, ganz in Grün, von dem ein feuchter Hauch und Hanfgeruch herzieht, und das irgendwie aussieht, als lebten dort glückliche Menschen; bald ein Pferdeskelett, das einsam im Felde weiß schimmert. Die Lerchen singen unermüdlich, die Wachteln rufen einander zu; der Wiesenknarrer schreit so, als wenn jemand an einem alten eisernen Türklopfer reißt...

Zu Mittag gelangten Olga und Ssascha in ein großes Kirchdorf. Dort kam ihnen auf der breiten Straße der Alte, der Koch des Generals Shukow entgegen. Ihm war heiß, und seine schweißige, rote Glatze blinkte in der Sonne. Er und Olga erkannten einander nicht, dann sahen sie sich gleichzeitig um, erkannten sich und gingen, ohne ein Wort zu sagen, jeder seines Weges weiter. Vor einem Hause, das etwas reicher und neuer aussah, blieb Olga unter den geöffneten Fenstern stehen, verbeugte sich und sagte laut, mit dünner und singender Stimme: »Ihr rechtgläubigen Christen, gebt uns um Christi willen ein Almosen, wie es euch beliebt; euren Eltern sei die himmlische Seligkeit, der ewige Friede.«

»Rechtgläubige Christen«, begann auch Ssascha zu singen, »gebt um Christi willen, was euch beliebt, zur himmlischen Seligkeit...«

DIE ERZÄHLUNG DES OBERGÄRTNERS

In der Orangerie des Grafen N. ging der Ausverkauf der Blumen vor sich. Es waren nur wenige Käufer da: ich, ein mir benachbarter Gutsbesitzer und ein junger Holzhändler. Während die Arbeiter unsere prächtigen Einkäufe hinaustrugen und auf die Wagen luden, saßen wir beim Eingang in die Orangerie und plauderten von diesem und jenem. Es ist außerordentlich angenehm, an einem warmen Aprilmorgen im Garten zu sitzen, den Vögeln zu lauschen und zu sehen, wie die in die Freiheit hinausgetragenen Blumen es sich in der Sonne wohl sein lassen.

Das Verladen der Pflanzen leitete der Gärtner Michail Karlowitsch selber, ein hochachtbarer alter Mann mit vollem und glattrasiertem Gesicht, in einer Pelzweste, ohne Überrock. Er schwieg die ganze Zeit über, hörte aber unserm Gespräch zu und wartete darauf, ob wir nicht irgend etwas Neues sagen würden. Es war ein kluger, sehr gütiger, von allen hochgeschätzter Mann. Alle hielten ihn aus irgendeinem Grunde für einen Deutschen, obwohl er väterlicherseits Schwede, mütterlicherseits Russe war und in die orthodoxe Kirche ging. Er konnte russisch, schwedisch und deutsch, las viel in diesen Sprachen, und man konnte ihm kein größeres Vergnügen bereiten, als wenn man ihm ein neues Buch zu lesen gab oder mit ihm zum Beispiel über Ibsen sprach.

Er hatte einige, aber unschuldige Schwächen; so nannte er sich Obergärtner, obwohl es keine Untergärtner gab; sein Gesichtsausdruck war ungewöhnlich gewichtig und hochmütig; Widerspruch ließ er nicht zu, und er liebte es, daß man ihn ernsthaft und aufmerksam anhörte.

»Dieser junge Mann da ist ein entsetzlicher Taugenichts«, sagte mein Nachbar und wies auf einen Arbeiter mit braunem Zigeunergesicht, der, auf der Wassertonne sitzend, gerade vorüberkam. »In der vorigen Woche saß man in der Stadt über ihn zu Gericht wegen Raubes und sprach ihn frei. Man erklärte ihn für geisteskrank, aber sehen Sie nur seine Visage an, er ist kerngesund. In letzter Zeit spricht man in Rußland Taugenichtse schon gar zu oft frei, indem man alles aus krankhaftem Zustand und Affekten erklärt, indessen führen diese Freisprüche, diese augenfällige Nachsicht und Duldsamkeit zu nichts Gutem. Sie demoralisieren die Masse, das Gerechtigkeitsgefühl ist bei allen abgestumpft, weil man schon daran gewöhnt ist, das Laster unbestraft zu sehen, und, wissen Sie, über unsere Zeit kann man kühn mit Shakespeares Worten sagen: ›In unsrer bösen, lasterhaften Zeit muß Tugend Laster um Vergebung bitten.‹«

»Das ist ganz richtig«, stimmte der Kaufmann zu. »Wegen der Freisprüche der Gerichte haben Morde und Brandstiftungen sehr zugenommen. Fragen Sie nur die

Bauern.« Der Gärtner Michail Karlowitsch wandte sich zu uns um und sagte: »Was mich betrifft, meine Herren, so begrüße ich immer begeistert jeden Freispruch. Ich fürchte nicht für die Sittlichkeit und Gerechtigkeit, wenn man das ›Unschuldig‹ verkündet, im Gegenteil, ich finde daran Gefallen. Selbst wenn mein Gewissen mir sagt, daß die Geschworenen mit der Freisprechung eines Verbrechers einen Irrtum begangen haben, triumphiere ich. Urteilen Sie selbst, meine Herren: Wenn Richter und Geschworene mehr *dem Menschen* als den materiellen Beweisstücken und den Reden glauben, steht nicht dieser *Glaube an den Menschen* an und für sich höher als alle Zweckmäßigkeitserwägungen? Dieser Glaube ist nur den wenigen zugänglich, die Christus fühlen und begreifen.«
»Ein guter Gedanke«, sagte ich.
»Aber der Gedanke ist nicht neu. Ich entsinne mich, vor langer Zeit hörte ich über dies Thema sogar eine Legende. Eine sehr liebe Legende«, sagte der Gärtner und lächelte. »Meine verstorbene Großmutter, die Mutter meines Vaters, eine vortreffliche alte Frau, erzählte sie mir. Sie erzählte sie schwedisch, aber russisch kommt das nicht so schön, nicht so klassisch heraus.«
Aber wir baten ihn, uns die Legende zu erzählen und sich nicht durch die Grobheit der russischen Sprache beirren zu lassen. Sehr damit zufrieden, rauchte er langsam seine Pfeife an, schaute ärgerlich auf die Arbeiter und begann: »In einer kleinen Stadt ließ sich ein bejahrter, alleinstehender, äußerlich wenig anziehender Herr mit Namen Tomson oder Wilson nieder – nun, es ist gleichgültig, wie er hieß; auf den Namen kommt es

nicht an. Er hatte eine edle Profession: er heilte die Menschen. Er war immer mürrisch und wenig mitteilsam und sprach nur, wenn sein Beruf es erforderte. Zu niemandem kam er zu Gast, mit niemandem knüpfte er Bekanntschaft an, die mehr gewesen wäre als ein schweigsamer Gruß, und er lebte bescheiden wie ein Mönch. Er war Gelehrter, und zu der Zeit glichen die Gelehrten nicht den gewöhnlichen Menschen. Sie verbrachten ihre Tage und Nächte in reiner Betrachtung, im Lesen von Büchern und mit Heilen von Krankheiten, alles andere sahen sie als gemein an und hatten keine Zeit zu überflüssigen Worten. Die Bürger der Stadt begriffen das sehr wohl und bemühten sich, ihm mit ihren Besuchen und leerem Geschwätz nicht lästig zu fallen. Sie waren sehr froh darüber, daß Gott ihnen endlich einen Mann geschickt hatte, der Krankheiten zu heilen verstand, und sie waren stolz, daß in ihrer Stadt ein so bedeutender Mann lebte.
›Er weiß alles‹, pflegten sie von ihm zu sagen.
Aber das genügte nicht. Man mußte noch hinzufügen: ›Er liebt alle.‹ In der Brust dieses gelehrten Mannes schlug das wunderbare Herz eines Engels. Wie das nun auch sein mochte, eigentlich waren die Bürger der Stadt für ihn Fremde, sie waren nicht seine Verwandten, aber er liebte sie wie seine Kinder und schonte für sie nicht einmal sein Leben. Er selbst hatte die Schwindsucht, er hustete, aber wenn man ihn zu einem Kranken rief, vergaß er seine Krankheit, schonte sich nicht und, schwer keuchend, erstieg er die Berge, wie hoch sie auch sein mochten. Er kümmerte sich nicht um Hitze und Kälte, verachtete Hunger und Durst. Geld nahm er nicht an,

und – seltsame Sache – wenn ihm ein Patient starb, so folgte er gemeinsam mit den Anverwandten dem Sarge und weinte.

Und bald wurde er für die Stadt so notwendig, daß sich die Bürger wunderten, wie sie früher ohne ihn auskommen konnten. Ihre Erkenntlichkeit kannte keine Grenzen. Erwachsene und Kinder, Gute und Böse, Ehrliche und Gauner – mit einem Worte, alle achteten ihn und kannten seinen Wert. In der Stadt und in ihrer Umgebung gab es keinen Menschen, der sich vermessen hätte, ihm etwas Unangenehmes zuzufügen oder auch nur daran zu denken. Wenn er sein Zimmer verließ, schloß er weder Türen noch Fenster, fest davon überzeugt, daß es keinen Dieb gebe, der es über sich brächte, ihn zu schädigen. In seiner Eigenschaft als Arzt mußte er häufig auf den Landstraßen durch Wälder und Berge wandern, wo es eine Menge hungriger Landstreicher gab, aber er fühlte sich vollkommen sicher. Einstmals kehrte er nachts von einem Kranken zurück, und Räuber überfielen ihn im Walde; als sie ihn aber erkannt hatten, nahmen sie ehrerbietig vor ihm ihre Hüte ab und fragten, ob er etwas essen wolle. Als er erwiderte, er sei satt, schenkten sie ihm einen warmen Mantel und begleiteten ihn unmittelbar bis zur Stadt, glücklich, daß das Schicksal ihnen Gelegenheit gegeben hatte, wenigstens mit etwas diesem hochherzigen Mann ihre Dankbarkeit abzustatten. Nun, und weiter erzählte die Großmutter auch, was zu verstehen ist, daß sogar die Pferde, Kühe und Hunde ihn kannten und ihre Freude bezeigten, wenn sie ihm begegneten.

Und dieser Mensch, der durch seinen heiligen Lebenswandel vor allem Bösen gefeit schien, zu dessen Gönnern sich sogar Räuber und Besessene zählten – wurde eines schönen Morgens erschlagen aufgefunden. Blutüberströmt, mit durchschlagener Schädeldecke, lag er in der Schlucht, und sein bleiches Gesicht drückte Verwunderung aus. Ja, nicht Entsetzen, sondern Verwunderung war auf seinem Gesicht erstarrt, als er vor sich den Mörder gesehen hatte. Sie können sich nunmehr den Schmerz vorstellen, der die Bürger der Stadt und ihrer Umgebung ergriff. Alle waren in Verzweiflung, trauten ihren Augen nicht und fragten sich: Wer konnte diesen Mann töten? Die Richter, die die Untersuchung leiteten und den Leichnam des Doktors in Augenschein nahmen, sprachen sich dahin aus: ›Wir haben hier alle Anzeichen für einen Mord; weil es aber auf der Welt keinen Menschen gibt, der unsern Doktor hätte töten können, so liegt offensichtlich hier kein Mord vor, und sämtliche Anzeichen deuten nur auf einfache Zufälligkeit. Man muß vermuten, daß der Doktor in der Dunkelheit in die Schlucht gestürzt ist und sich zu Tode geschlagen hat.‹

Mit dieser Meinung stimmte die ganze Stadt überein. Man begrub den Doktor, und niemand sprach mehr von einem gewaltsamen Tode. Die Existenz eines Menschen, der niedrig und abscheulich genug war, den Doktor zu ermorden, schien unwahrscheinlich. Auch die Abscheulichkeit hat ja ihre Grenzen. Nicht wahr?

Plötzlich aber – können Sie sich das vorstellen? – führt ein Zufall auf die Spur des Mörders. Man sah, wie ein Strolch, der schon viele Male vor Gericht gestanden hatte und dessen Verkommenheit bekannt war, in einer

Schenke Tabaksdose und Uhr, die dem Doktor gehört hatten, vertrank. Als man ihn verhörte, wurde er verwirrt und sprach eine offensichtliche Lüge aus. Man hielt bei ihm Hausdurchsuchung und fand im Bett das Hemd mit blutigen Ärmeln und des Doktors Lanzette mit goldener Einfassung. Waren noch mehr Beweise nötig? Man setzte den Bösewicht ins Gefängnis. Die Bürger waren in großer Aufregung und sagten dennoch gleichzeitig: ›Es kann nicht sein! Es ist unwahrscheinlich! Schaut zu, daß hier kein Irrtum unterläuft; es kann ja geschehen, daß die Beweisstücke die Unwahrheit reden!‹

Vor Gericht leugnete der Mörder hartnäckig seine Schuld. Alles sprach gegen ihn, und von seiner Schuld nicht überzeugt zu sein, war ebenso leicht wie davon, daß diese Erde schwarz ist – aber die Richter hatten anscheinend den Verstand verloren: sie legten jedes Beweisstück zehnmal sozusagen auf die Waagschale, blickten mißtrauisch die Zeugen an, erröteten und tranken Wasser... Frühmorgens hatte die Gerichtsverhandlung begonnen, sie endete erst am Abend.

›Angeklagter!‹ wandte sich der oberste Richter an den Mörder. ›Das Gericht hat dich des Mordes an dem Doktor für schuldig befunden und dich verurteilt zur...‹

Der oberste Richter wollte: ›zur Todesstrafe‹ sagen, aber seinen Händen entfiel das Papier, auf dem das Urteil stand, er wischte sich den kalten Schweiß von der Stirn und rief: ›Nein! Wenn ich ein ungerechtes Urteil spreche, so möge Gott mich bestrafen, aber ich schwöre, er ist unschuldig! Ich kann den Gedanken nicht zulassen, daß sich ein Mensch finden konnte, der sich erkühnt hätte, unsern Freund, den Doktor, zu ermorden! Ein Mensch ist unfähig, so tief zu fallen!‹

›Ja, einen solchen Menschen gibt es nicht‹ – stimmten die übrigen Richter zu.

›Nein!‹ antwortete auch die Menge. ›Laßt ihn frei!‹

Den Mörder ließ man vollkommen frei, und keine Seele zieh die Richter der Ungerechtigkeit. Und Gott, so sagte meine Großmutter, verzieh um dieses Glaubens an den Menschen willen allen Bürgern der Stadt ihre Sünden. Gott freut sich, wenn man glaubt, daß der Mensch sein Ebenbild sei, und er trauert, wenn man, die menschliche Würde vergessend, über Menschen schlimmer als über Hunde urteilt. Mag der Freispruch den Bürgern der Stadt Schaden bringen können, aber urteilen Sie selbst, welchen wohltätigen Einfluß mußte dieser Glaube an den Menschen auf sie haben; denn dieser Glaube bleibt ja nicht tot, er zieht hochherzige Gefühle in uns groß und regt immerdar an, jeden Menschen zu lieben und zu achten. Jeden! Und das ist wichtig.«

Michail Karlowitsch hatte seine Erzählung beendet. Mein Nachbar wollte etwas einwenden, aber der Obergärtner machte eine Geste, die besagen sollte, daß er Einwendungen nicht liebe; dann ging er zu den Wagen hin und fuhr fort, mit gewichtigem Gesichtsausdruck sich mit dem Verladen der Pflanzen zu beschäftigen.

NACHWORT

Die Erzählungen dieses Bandes erschienen, zumeist in Zeitschriften, in den Jahren 1883 bis 1898. In diesem Zeitraum festigte sich die Erzähltechnik A. P. Tschechows und nahm an Welthaltigkeit zu. In den sogenannten »humoristischen« Erzählungen »Der Dicke und der Dünne« (1883), »Der Tod des Beamten« (1883) oder »Der Fehltritt« (1887) tritt uns das Zugespitzt-Episodische vor Augen. Der Erzähler fängt kurze Szenen, Momentbilder ein, die mit unnachsichtiger Präzision zur Pantomime erstarrte gesellschaftliche Konventionen und die Verkrümmungen und Beschädigungen der ihnen Unterworfenen bloßlegen. Die Wende von üblicherweise gebräuchlicher Kommunikation zur zeremoniellen (auf seiten der sozial Schwächeren) geschieht von einem Augenblick auf den anderen, wie der Wechsel vom »Du« zur Anrede »Exzellenz« im Gespräch zwischen den Schulfreunden in »Der Dicke und der Dünne«. Indem die gesellschaftliche Rollenverteilung anerkannt und die damit verbundenen Verhaltensweisen praktiziert werden, stellen sich bei *beiden* Gesprächspartnern auch die damit verbundenen Verhaltensweisen her, denen entsprechende Gefühle assoziiert sind: »Der Dicke wollte noch etwas einwenden, aber das Gesicht des Dünnen drückte so viel Ergebenheit, warme und säuerliche Ehrerbietung aus, daß dem Geheimrat ganz übel wurde.«

Die Auswahl des Bandes führt alle Gesellschaftsschichten und

Klassen des 19. Jahrhunderts in Rußland vor Augen: kleine und große Beamte (»Der Fehltritt«, »Der Dicke und der Dünne«, »Der Tod des Beamten«), Bauern (»Die Bauern«), die Soldaten (»Gussew«), Händler und Bürger (»Die Totenmesse«, »Ein bekannter Herr«). Bei Erzählungen wie »Jonytsch« (1898), oder »Die Bauern« (1897), zeichnet Tschechow mit einfachen Mitteln ein realistisches Bild der Zustände in der Provinz oder auf dem Dorf. Anders als in den frühen Skizzen erstreckt sich jetzt die erzählte Zeit über größere Abschnitte; Wachsen und Vergehen, Entwicklung, werden registriert und notiert, den Personen sind ihre Verhaltensweisen durch ihre Spracheigenheiten und durch leitmotivisch die Erzählung durchziehende Charakteristika auf den Leib geschrieben. Um so mehr Aufmerksamkeit kann der Leser den wie beiläufigen Kommentaren des Erzählers widmen, die sich wie zufällig den Reflexionen der beschriebenen Personen anschließen. Die gebildete und talentierte Provinzbürgerfamilie Turkin in »Jonytsch« ist weithin durch ihre Gesellschaftsabende in der Gouvernementsstadt Ss. bekannt. Auf diesen Abenden liest die Sonntagsautorin Wera Jossifowna, die Frau Turkins, aus ihren Romanen vor. Die beschriebene Lesung ist von einer beißenden Komik. Die Szene spielt an einem lauen Sommerabend, an dem der Fliederduft durch die Fenster in den Salon dringt, in dem sich die Gäste versammelt haben. Wera Jossifowna beginnt mit ihrer Lesung: »Der Frost wurde stärker und stärker...« Sie liest ihre Trivialgeschichte, die Gäste mimen Ergriffenheit und Ernst, der Erzähler charakterisiert mit knappen Strichen den Inhalt: »wie die junge, schöne Gräfin in ihren Dörfern Schulen, Krankenhäuser, Büchereien einrichtete und wie sie den herumwandernden Künstler liebgewann – sie las von Dingen, die es im Leben niemals gibt und die anzuhören dennoch angenehm und leicht war; so schöne und beruhigende Gedanken kamen einem in den Sinn, daß man gar nicht aufstehen wollte.« Draußen spielte im Stadtpark ein Orchester, und ein Sängerchor singt das »Lied vom Kienspan«: »und dies Lied gab das wieder, was im Roman nicht stand, was es aber im Leben zu geben pflegt.«

Das Leben in der Provinz, das Tschechow aus eigener Anschauung kannte, stellt sich in seinen Geschichten als inhaltsleer und verrohend dar. So wird der Kreisarzt Jonytsch, der die Tochter der Turkins liebt, von ihr zum Narren gehalten. Sie schlägt seine Werbung aus, weil sie, den Schein der bürgerlichen Konvention für Realität nehmend, es vorzieht, aufs Konservatorium in die Hauptstadt zu gehen, um Sängerin zu werden, statt ein Leben mit dem Mann zu wagen, der sie liebt. Von heute aus gesehen könnte man den Eindruck gewinnen, hierin liege eine antiemanzipative Tendenz. Das ist aber keineswegs der Fall. In einer anderen Geschichte dieses Bandes, »Die Totenmesse« (1886), verteidigt Tschechow die progressive junge Frau, die ihr Elternhaus verlassen hatte, um Schauspielerin zu werden, gegen den starrsinnigen, bornierten Vater. Tschechows Angriff richtet sich stets gegen Dumpfheit, Verlogenheit und Borniertheit.

Wie Gustave Flaubert in seinem *Dictionnaire des idées reçues* breitet Tschechow einen bunten Strauß von Gemeinplätzen und banalen Redensarten vor uns aus, die die Personen charakterisieren, die sie gebrauchen. Wie in allen Erzählungen, mit aus Menschenkenntnis erworbenem Humor, ist auch dessen Gegenpol, das Tragische, nicht weit entfernt. Wenn zunächst alles Mitgefühl dem genasführten Kreisarzt Jonytsch gilt, so muß man im Laufe der Erzählung die Sympathie Stück für Stück von ihm abziehen, weil eine tiefgreifende Veränderung unsympathische Züge an ihm immer deutlicher hervortreibt. Zuletzt ist er nur noch ein unfreundlicher, geldgieriger Egoist.

Es ist hier nicht der Raum, um auf sämtliche Geschichten dieser Auswahl im einzelnen einzugehen. Nur soviel sei noch gesagt: Wenn Tschechow in einigen seiner Erzählungen das

Leben auf dem Lande, das Leben der Bauern schildert, so ist er weit davon entfernt, deren Leben zu idealisieren. Man wird sich in jedem Augenblick ihres harten und entbehrungsreichen Daseins bewußt. Man sieht aber auch ihre nicht selbst verschuldete Dummheit, die Verdumpfung, hervorgerufen durch übermäßigen Alkoholkonsum und Mangel an jeglicher Möglichkeit, sich in irgendeiner Weise auszubilden oder zu verändern. Stärker als jede Abhandlung über das soziale Los der Bauern mußten Tschechows realistische Erzählungen auf ein größeres Publikum einwirken. Sie beschönigen nichts und werfen doch ein sehr deutliches Licht auf die Ursachen dieser Verelendung.

Und doch sind seine Erzählungen nicht ohne Hoffnung. In »Die Erzählung des Obergärtners« (1894), in der es um den Mord an einem allseitig beliebten Arzt geht, wird der vermutliche Mörder freigelassen, weil der Richter findet, daß es keinen Menschen geben könne, der dazu fähig sei, »unsern Freund, den Doktor, zu ermorden! Ein Mensch ist unfähig, so tief zu fallen!« Und des weiteren fährt der Erzähler fort: »Und Gott, so sagte meine Großmutter, verzieh um dieses Glaubens an den Menschen willen allen Bürgern der Stadt ihre Sünden. Gott freut sich, wenn man glaubt, daß der Mensch sein Ebenbild sei, und er trauert, wenn man, die menschliche Würde vergessend, über Menschen schlimmer als über Hunde urteilt. Mag der Freispruch den Bürgern der Stadt Schaden bringen können, aber urteilen Sie selbst, welchen wohltätigen Einfluß mußte dieser Glaube an den Menschen auf sie haben; denn dieser Glaube bleibt ja nicht tot, er zieht hochherzige Gefühle in uns groß und regt immerdar an, jeden Menschen zu lieben und zu achten. Jeden! Und das ist wichtig.«

Werner Berthel

Literatur aus Frankreich, England, Amerika u. a.

Jack London. Die Goldschlucht
und andere Erzählungen. Mit Illustrationen. it 408

Jack London. Ruf der Wildnis
Mit Illustrationen von Krista Slawik. it 352

Sir Thomas Malory. Die Geschichte von König Artus und den Rittern seiner Tafelrunde
Übertragen von Helmut Findeisen auf der Grundlage der Lachmannschen Übersetzung. Mit einem Nachwort von Walter Martin und Illustrationen von Aubrey Beardsley. Drei Bände in Kassette. it 239

Guy de Maupassant. Bel-Ami
Aus dem Französischen von Josef Halperin. Mit zeitgenössischen Illustrationen. it 280

Guy de Maupassant. Das Haus Tellier
und andere Erzählungen. Aus dem Französischen von Karl Friese und Helmut Bartuschek. Ausgewählt von W. Berthel. Mit zeitgenössischen Illustrationen. it 248

Guy de Maupassant. Pariser Abenteuer
und andere Erzählungen. Ausgewählt von Werner Berthel. Mit zeitgenössischen Illustrationen. Aus dem Französischen von H. Bartuschek und K. Friese. it 106

Guy de Maupassant. Unser einsames Herz. Roman.
Aus dem Französischen von Josef Halperin, mit einem Nachwort von Dolf Oehler und zeitgenössischen Illustrationen. it 357

Hermann Melville. Moby Dick oder der weiße Wal
Aus dem Amerikanischen von Hans und Alice Seiffert. Nachwort von Rudolf Sühnel. Zwei Bände. it 233

Louis Sébastien Mercier. Mein Bild von Paris
Mit 43 Wiedergaben nach zeitgenössischen Kupferstichen. Übertragen und herausgegeben von Jean Villain. it 374

Prosper Mérimée. Carmen
Novelle. Aus dem Französischen übersetzt von Franz Schnabel. it 361

Literatur aus Frankreich, England, Amerika u. a.

Mirabeau. Der gelüftete Vorhang oder Lauras Erziehung
Aus dem Französischen von Eva Moldenhauer. Nachbemerkung von Norbert Miller. it 32

Molière. Der Menschenfeind
Aus dem Französischen von Hans Magnus Enzensberger. it 401

Michel de Montaigne. Essais
Herausgegeben und mit einem Nachwort versehen von Ralph-Rainer Wuthenow. Revidierte Fassung der Übertragung von Johann Joachim Bode. it 220

Edgar Allan Poe. Grube und Pendel und andere phantastische Erzählungen
Aus dem Englischen von Günther Steinig und Elisabeth Seidel. Mit Illustrationen von Harry Clarke und einem Nachwort von Franz Rottensteiner. it 362

Jan Potocki. Die Handschrift von Saragossa
Herausgegeben von Roger Caillois. Aus dem Französischen von Louise Eisler-Fischer. Aus dem Polnischen von Maryla Reifenberg. Mit Bildern von Goya. Zwei Bände. it 139

Thomas de Quincey. Mord als eine schöne Kunst betrachtet
Herausgegeben und eingeleitet von Norbert Kohl. Mit zeitgenössischen Illustrationen. it 258

François Rabelais. Gargantua und Pantagruel
Herausgegeben von Horst und Edith Heintze. Mit Illustrationen von Gustave Doré. Zwei Bände. it 77

Jean-Jacques Rousseau. Königin Grille
und andere Kleinprosa. Herausgegeben von Dietrich Leube. it 332

Jean-Jacques Rousseau. Zehn Botanische Lehrbriefe für Frauenzimmer
Aus dem Französischen übersetzt und herausgegeben von Ruth Schneebeli-Graf. Mit Illustrationen von P. J. Redouté. it 366

Walter Scott. Im Auftrag des Königs
Die gefährlichen Abenteuer des Quentin Durward. Mit einem Nachwort von Traude Dienel. Mit Illustrationen. it 188

Literatur aus Frankreich, England, Amerika u. a.

William Shakespeare. Einundzwanzig Sonette
Deutsch von Paul Celan. Nachwort H. Viebrock. it 132

William Shakespeare. Hamlet. Prinz von Dänemark
Aus dem Englischen von August Wilhelm von Schlegel. Mit Illustrationen von Delacroix. Herausgegeben von Norbert Kohl. it 364

Stendhal. Die Kartause von Parma
Aus dem Französischen von Walter Widmer. Mit einem Nachwort von Uwe Japp. it 307

Stendhal. Rot und Schwarz
Vollständige Ausgabe. Übersetzt von Walter Widmer. Mit einem Nachwort von Uwe Japp. it 213

Stendhal. Über die Liebe
Vollständige Ausgabe. Aus dem Französischen und mit einer Einführung von Walter Hoyer. it 124

Laurence Sterne. Yoricks Reise des Herzens
durch Frankreich und Italien. Mit zwölf Holzschnitten nach Tony Johanot. Mit einem Nachwort von Helmut Findeisen. it 277

Robert Louis Stevenson. Entführt
Herausgegeben von E. Y. Meyer. Die Erinnerungen David Balfours an seine Abenteuer im Jahre 1751. Roman. it 321

Robert Louis Stevenson. Die Schatzinsel
Mit Illustrationen von Georges Roux. it 65

Jonathan Swift. Gullivers Reisen
Mit Illustrationen von Grandville und einem Vorwort von Hermann Hesse. Aus dem Englischen übersetzt von Franz Kottenkamp. it 58

Jonathan Swift. Ein bescheidener Vorschlag, wie man verhindern kann, daß die Kinder der Armen ihren Eltern oder dem Lande zur Last fallen
und andere Satiren. Mit einem Essay von Martin Walser: Die notwendigen Schritte. it 131

William Makepeace Thackeray. Das Buch der Snobs
Aus dem Englischen von H. Conrad. Mit zeitgenössischen Illustrationen. Herausgegeben von Norbert Kohl. it 372

Literatur aus Frankreich, England, Amerika u. a.

Claude Tillier. Mein Onkel Benjamin
Deutsch von Rudolf G. Binding. Mit Schattenrissen, gezeichnet von Emil Preetorius. it 219

Leo N. Tolstoj. Anna Karenina
Aus dem Russischen übersetzt und herausgegeben von Gisela Drohla. Mit Illustrationen von Theodor Eberle. 2 Bände. it 308

Leo N. Tolstoj. Die großen Erzählungen
Mit einem Nachwort von Thomas Mann. Aus dem Russischen von Rudolf Kassner und Arthur Luther. it 18

Leo N. Tolstoj. Kindheit, Knabenalter, Jünglingsjahre
Aus dem Russischen von Hermann Röhl. Revidiert und herausgegeben von Gisela Drohla. it 203

Leo N. Tolstoj. Krieg und Frieden
Mit einem Nachwort von Thomas Mann. 4 Bände. it 320

Leo N. Tolstoj. Der Überfall
it 367

Anton Tschechow. Die Dame mit dem Hündchen
und andere Erzählungen. Mit Zeichnungen von András Karakas. Ausgewählt und mit einem Nachwort von Werner Berthel. it 174

Anton Tschechow. Der Fehltritt
und andere Erzählungen. Mit Zeichnungen von András Karakas. Ausgewählt und mit einem Nachwort versehen von Werner Berthel. it 396

Iwan Turgenjew. Väter und Söhne. it 64

Mark Twain. Der gestohlene weiße Elefant
und andere Humoresken. Autorisierte Übersetzungen ins Deutsche. Mit Illustrationen von H. Schrödter. it 403

Mark Twain. Huckleberry Finns Abenteuer
Vollständige Ausgabe. Mit Illustrationen von Eberhard Binder. Deutsch von Barbara Cramer-Nauhaus. it 126

Literatur aus Frankreich, England, Amerika u. a.

Mark Twain. Tom Sawyers Abenteuer
Illustriert von Eberhard Binder. Bearbeitet von Karl Heinz Berger. it 93

Mark Twain. Leben auf dem Mississippi
Mit Illustrationen von Klaus Ensikat. Aus dem Amerikanischen übersetzt und bearbeitet von Helene Ritzerfeld. it 252

Voltaire. Candide oder der Optimismus
Mit 26 Federzeichnungen von Paul Klee und einer Nachbemerkung von Jean Orieux. it 11

Voltaire. Geschichte Karls XII.
Aus dem Französischen übersetzt von Theodora Von der Mühll. Mit einem Nachwort von Carl J. Burckhardt. it 317

Voltaire. Sämtliche Romane und Erzählungen
Mit einer Einleitung von Victor Klemperer und Illustrationen von Moreau le jeune. Zwei Bände. it 209/210

Voltaire. Zadig oder das Schicksal
Eine orientalische Erzählung. Aus dem Französischen von I. Lehmann. Mit Radierungen von M. Behmer. it 121

Oscar Wilde. Das Gespenst von Canterville.
Erzählung. Mit Illustrationen von Oski. Aus dem Englischen von Franz Blei. it 344

Émile Zola. Nana
Mit Illustrationen. it 398

Insel taschenbücher
Alphabetisches Verzeichnis

Die Abenteuer Onkel Lubins 254
Aladin und die Wunderlampe 199
Ali Baba und die vierzig Räuber 163
Allerleirauh 115
Alte und neue Lieder 59
Andersen: Märchen (3 Bände in Kassette) 133
Andersen: Märchen meines Lebens 356
Lou Andreas-Salomé: Lebensrückblick 54
Apulejus: Der goldene Esel 146
Arnim/Brentano: Des Knaben Wunderhorn 85
Arnold: Das Steuermännlein 105
Aus der Traumküche des Windsor McCay 193
Balzac: Beamte, Schulden, elegantes Leben 346
Balzac: Das Mädchen mit den Goldaugen 60
Baudelaire: Blumen des Bösen 120
Beaumarchais: Figaros Hochzeit 228
Beecher-Stowe: Onkel Toms Hütte 272
Beisner: Adreßbuch 294
Benjamin: Aussichten 256
Bédier: Der Roman von Tristan und Isolde 387
Berg: Leben und Werk im Bild 194
Bertuch: Bilder aus fremden Ländern 244
Bierbaum: Zäpfelkerns Abenteuer 243
Bierce: Mein Lieblingsmord 39
Blake: Lieder der Unschuld 116
Die Blümchen des heiligen Franziskus 48
Boccaccio: Das Dekameron (2 Bände) 7/8
Böcklin: Leben und Werk 284
Brandys: Walewska, Napoleons große Liebe 24
Brentano: Fanferlieschen 341
Brentano: Gockel Hinkel Gackeleia 47
Brontë: Die Sturmhöhe 141
Das Buch der Liebe 82
Büchner: Der Hessische Landbote 51
Bürger: Münchhausen 207
Busch: Kritisch-Allzukritisches 52
Campe: Bilder Abeze 135
Carossa: Kindheit 295
Carossa: Leben und Werk 348
Carossa: Verwandlungen 296
Carroll: Alice hinter den Spiegeln 97
Carroll: Alice im Wunderland 42
Carroll: Briefe an kleine Mädchen 172
Caspari: Die Sommerreise 416
Cervantes: Don Quixote (3 Bände) 109
Chamisso: Peter Schlemihl 27
Chateaubriand: Das Leben des Abbé de Rancé 240
Claudius: Wandsbecker Bote 130
Cocteau: Colette 306
Cooper: Lederstrumpferzählungen (5 Bde.) 179-183
Dante: Die Göttliche Komödie (2 Bände) 94
Das kalte Herz 330
Daudet: Tartarin von Tarascon 84
Daumier: Macaire 249
Defoe: Robinson Crusoe 41
Denkspiele 76
Deutsche Volksbücher 380
Dickens: Oliver Twist 242
Dickens: Weihnachtserzählungen 358
Die großen Detektive 101
Diderot: Die Nonne 31
Droste-Hülshoff: Die Judenbuche 399
Dumas: Der Graf von Monte Christo (2 Bände) 266
Dumas: König Nußknacker 291
Eichendorff: Aus dem Leben eines Taugenichts 202
Eichendorff: Gedichte 255
Eisherz und Edeljaspis 123
Die Erzählungen aus den Tausendundein Nächten (12 Bände in Kassette) 224
Eulenspiegel: Bote 336
Fabeln und Lieder der Aufklärung 208
Der Familienschatz 34
Ein Fisch mit Namen Fasch 222

Fabre: Das offenbare Geheimnis 269
Flaubert: Bouvard und Pécuchet 373
Flaubert: Lehrjahre des Gefühls 276
Flaubert: Madame Bovary 167
Fontane: Der Stechlin 152
Fontane: Effi Briest 138
Fontane: Unwiederbringlich 286
le Fort. Leben und Werk im Bild 195
Caspar David Friedrich: Auge und Landschaft 62
Gassers Köchel-Verzeichnis 96
Gasser: Spaziergang durch Italiens Küchen 391
Gasser: Tante Melanie 192
Gebete der Menschheit 238
Das Geburtstagsbuch 155
Geschichten der Liebe aus 1001 Nächten 38
Gesta Romanorum 315
Goethe: Dichtung und Wahrheit (3 Bde.) 149-151
Goethe: Die Leiden des jungen Werther 25
Goethe: Wahlverwandtschaften 1
Goethe: Faust (1. Teil) 50
Goethe: Faust (2. Teil) 100
Goethe: Gedichte in zeitlicher Folge (2 Bände) 350
Goethe: Hermann und Dorothea 225
Goethe: Italienische Reise 175
Goethe: Liebesgedichte 275
Goethe: Maximen und Reflexionen 200
Goethe: Novellen 425
Goethe: Reineke Fuchs 125
Goethe – Schiller: Briefwechsel (2 Bände) 250
Goethe: Tagebuch der italienischen Reise 176
Goethe: Trostbüchlein 400
Goethe: Über die Deutschen 325
Goethe: West-östlicher Divan 75
Gogh: Briefe 177
Gogol: Der Mantel 241
Grandville: Staats- und Familienleben der Tiere (2 Bde.) 214
Greenaway: Butterblumengarten 384
Grimmelshausen: Courasche 211
Gundert: Marie Hesse 261
Hauff-Märchen (2 Bände) 216/217
Hebel: Bildergeschichte vom Zundelfrieder 271
Hebel: Kalendergeschichten 17
Heine: Memoiren des Herren von Schnabelewopski 189
Heine: Buch der Lieder 33
Heine: Shakespeares Mädchen 331
Helwig: Capri. Magische Insel 390
Heras: Am Anfang war das Huhn 185
Hesse: Dank an Goethe 129
Hesse: Geschichten aus dem Mittelalter 161
Hesse: Hermann Lauscher 206
Hesse: Kindheit des Zauberers 67
Hesse: Knulp 394
Hesse: Leben und Werk im Bild 36
Hesse: Meisterbuch 310
Hesse: Piktors Verwandlungen 122
Hesse: Schmetterlinge 385
Hesse/Schmögner: Die Stadt 236
Hesse/Weiss: Der verbannte Ehemann 260
Hexenzauber 402
Hildesheimer: Waschbären 415
Hillmann: ABC-Geschichten 99
Hofer. Leben und Werk in Daten und Bildern 363
E. T. A. Hoffmann: Der unheimliche Gast 245
E. T. A. Hoffmann: Elixiere des Teufels 304
E. T. A. Hoffmann: Kater Murr 168
Hölderlin-Chronik 83
Hölderlin: Dokumente seines Lebens 221
Homer: Ilias 153
Horváth: Leben und Werk 237
Ricarda Huch: Der Dreißigjährige Krieg (2 Bde.) 22/23
Hugo: Notre-Dame von Paris 298
Ibsen: Nora 323
Jacobsen: Die Pest in Bergamo 265
Jacobsen: Niels Lyhne 44
Kant-Brevier 61
Kaschnitz: Courbet 327
Kaschnitz: Eisbären 4
Kasperletheater für Erwachsene 339
Kästner: Die Lerchenschule 57
Kästner: Die Stundentrommel vom heiligen Berg Athos 56
Kästner: Griechische Inseln 118
Kästner: Kreta 117
Kästner: Ölberge, Weinberge 55

Keller: Der grüne Heinrich (2 Bde.) 335
Keller: Züricher Novellen 201
Kerner: Bilderbuch aus meiner Knabenzeit 338
Kinderheimat 111
Kinder- und Hausmärchen gesammelt durch die Brüder Grimm (3 Bde.) 112-114
Kin Ping Meh 253
Kleist: Die Marquise von O. 299
Kleist: Erzählungen 247
Kleist: Geschichte meiner Seele 281
Kleist: Der zerbrochene Krug 171
Klingemann: Nachtwachen von Bonaventura 89
Klinger: Leben und Werk in Daten und Bildern 204
Knigge: Über den Umgang mit Menschen 273
Konfuzius: Materialien 87
Konfuzius und der Räuber Zhi 278
Kühn: Geisterhand 382
Laclos: Schlimme Liebschaften 12
Lamb: Shakespeare Novellen 268
Das große Lalula 91
Leopardi: Ausgewählte Werke 104
Lesage: Der hinkende Teufel 337
Lévi-Strauss: Weg der Masken 288
Liebe Mutter 230
Lieber Vater 231 (in Kassette)
Lichtenberg: Aphorismen 165
Linné: Lappländische Reise 102
Lobel: Die Geschichte vom Jungen 312
Lobel: Maus im Suppentopf 383
Lobel: König Hahn 279
London: Das Bild einer europäischen Metropole Herausgegeben von Norbert Kohl. 322
London: Ruf der Wildnis 352
Longus: Daphnis und Chloe 136
Lorca: Die dramatischen Dichtungen 3
Der Löwe und die Maus 187
Majakowski: Werke I 16
Majakowski: Werke II 53
Majakowski: Werke III 79
Malory: König Artus (3 Bände) 239
Marc Aurel: Wege zu sich selbst 190
Märchen der Romantik (2 Bde.) 285
Märchen deutscher Dichter 13
Maupassant: Bel-Ami 280
Maupassant: Das Haus Tellier 248
Maupassant: Pariser Abenteuer 106
Maupassant: Unser einsames Herz 357
Mäusegeschichten 173
McKee: Zwei Admirale 417
Meinhold, Bernsteinhexe 329
Melville: Moby Dick 233
Mercier: Mein Bild von Paris 374
Mérimée: Carmen 361
Merkprosa 283
Michelangelo: Zeichnungen und Dichtungen 147
Michelangelo. Leben und Werk 148
Minnesinger 88
Mirabeau: Der gelüftete Vorhang 32
Montaigne: Essays 220
Mordillo: Das Giraffenbuch 37
Mordillo: Das Giraffenbuch 2 71
Mordillo: Träumereien 108
Morgenländische Erzählungen 409
Morgenstern: Alle Galgenlieder 6
Mörike: Alte unnennbare Tage 246
Mörike: Die Historie von der schönen Lau 72
Mörike: Mozart auf der Reise nach Prag 376
Motte-Fouqué: Undine 311
Mozart: Briefe 128
Musäus: Rübezahl 73
Mutter Gans 28
Nestroy: Stich- und Schlagworte 270
Die Nibelungen 14
Nietzsche: Zarathustra 145
Nietzsche: Ecce Homo 290
Novalis. Dokumente seines Lebens 178
Orbeliani: Die Weisheit der Lüge 81
Orbis Pictus 9
Oskis Erfindungen 227
Ovid: Ars Amatoria 164
Paul: Der ewige Frühling 262
Paul: Des Luftschiffers Gianozzo Seebuch 144
Petzet: Das Bildnis des Dichters 198
Phaïcon 1 69
Phaïcon 2 154
Platon: Phaidon 379
Pocci: Kindereien 215
Poe: Grube und Pendel 362

Polaris 3 134
Poesie-Album 414
Pöppig: In der Nähe des ewigen Schnees 166
Potocki: Die Handschrift von Saragossa (2 Bde.) 139
Quincey: Der Mord als eine schöne Kunst betrachtet 258
Raabe: Die Chronik der Sperlingsgasse 370
Raabe: Gänse von Bützow 388
Rabelais: Gargantua und Pantagruel
(2 Bände) 77
Rache des jungen Meh 353
Die Räuber vom Liang Schan Moor (2 Bände) 191
Reden und Gleichnisse des Tschuang Tse 205
Rilke: Ausgesetzt auf den Bergen des Herzens 98
Rilke: Das Buch der Bilder 26
Rilke: Duineser Elegien/Sonette an Orpheus 80
Rilke: Die drei Liebenden 355
Rilke: Geschichten vom lieben Gott 43
Rilke: Späte Erzählungen 340
Rilke: Neue Gedichte 49
Rilke: Das Stunden-Buch 2
Rilke: Wladimir, der Wolkenmaler 68
Rilke: Leben und Werk im Bild 35
Rilke: Zwei Prager Geschichten 235
Robinson: Onkel Lubin 254
Rotterdam: Lob der Torheit 369
Rousseau: Königin Grille 332
Rousseau: Zehn Botanische Lehrbriefe für Frauenzimmer 366
Rumohr: Geist der Kochkunst 326
Runge: Leben und Werk im Bild 316
Der Sachsenspiegel 218
Sand: Geschichte meines Lebens 313
Sappho: Liebeslieder 309
Schadewaldt: Sternsagen 234
Scheerbart: Rakkóx der Billionär 196
Schiller: Der Geisterseher 212
Schiller – Goethe: Briefwechsel (2 Bände) 250
Schiller: Leben und Werk 226
Schlote: Geschichte vom offenen Fenster 287
Schlote: Das Elefantenbuch 78
Schlote: Fenstergeschichten 103
Schmögner: Das Drachenbuch 10
Schmögner: Ein Gruß an Dich 232
Schmögner: Das unendliche Buch 40
Schneider: Leben und Werk 318
Schopenhauer: Aphorismen zur Lebensweisheit 223
Schumacher: Ein Gang durch den Grünen Heinrich 184
Schwab: Sagen des klassischen Altertums (3 Bde.) 127
Scott: Im Auftrag des Königs 188
Shakespeare: Sonette 132
Shaw-Brevier 159
Sindbad der Seefahrer 90
Sonne, Mond und Sterne 170
Sophokles: Antigone 70
Sophokles: König Ödipus 15
Spyri: Heidi 351
Stendhal: Die Kartause von Parma 307
Stendhal: Rot und Schwarz 213
Stendhal: Über die Liebe 124
Sternberger: Über Jugendstil 274
Sterne: Yoricks Reise 277
Stevenson: Die Schatzinsel 65
Stevenson: Entführt 321
Storm: Am Kamin 143
Storm: Der Schimmelreiter 305
Strindberg: Ein Puppenheim 282
Swift: Ein bescheidener Vorschlag . . . 131
Swift: Gullivers Reisen 58
Thackery: Das Buch der Snobs 372
Tillier: Mein Onkel Benjamin 219
Toepffer: Komische Bilderromane (2 Bde.) 137
Tolstoj: Anna Karenina (2 Bände) 308
Tolstoj: Der Überfall 367
Tolstoj: Die großen Erzählungen 18
Tolstoj: Kindheit, Knabenalter, Jünglingsjahre 203
Traum der roten Kammer 292
Tschechow: Die Dame mit dem Hündchen 174
Turgenjew: Erste Liebe 257
Turgenjew: Väter und Söhne 64
Der Turm der fegenden Wolken 162

Twain: Der gestohlene weiße Elefant 403
Twain: Huckleberry Finns Abenteuer 126
Twain: Leben auf dem Mississippi 252
Twain: Tom Sawyers Abenteuer 93
Varvasovszky: Schneebärenbuch 381
Voltaire: Candide 11
Voltaire: Karl XII. 317
Voltaire: Leben und Werk 324
Voltaire: Sämtliche Romane und Erzählungen (2 Bände) 209/210
Voltaire: Zadig 121
Vom Essen und Trinken 293
Wagner: Ausgewählte Schriften 66
Wagner: Leben und Werk 334
Walser: Fritz Kochers Aufsätze 63
Walser (Robert): Liebesgeschichten 263
Das Weihnachtsbuch 46
Das Weihnachtsbuch der Lieder 157
Das Weihnachtsbuch für Kinder 156
Wie man lebt und denkt 333
Wilde: Die Erzählungen und Märchen 5
Wilde: Salome 107
Wilde: Leben und Werk 158
Wührl: Magische Spiegel 347
Der Zauberbrunnen 197
Zimmer: Yoga und Buddhismus 45
Zola: Nana 398